吉本隆明
戦後詩史論
書評集

北村太郎
鈴木志郎康
清岡卓行
中村 稔
中野孝次
佐佐木幸綱
佐々木幹郎
川本三郎
対談:
鮎川信夫×北村太郎

鋭く冷静な批評眼

北村太郎

吉本隆明の「戦後詩史論」を読んだ。全体が三部で構成されていて、冒頭の「戦後詩史論」は昭和初期から論じているものの、むろん戦後に重点が置かれており、本書のほぼ半分の量を占めている。

これは約二十年前に書かれたもので、著者自身「ちょうど六〇年安保の政治的渦動のなかにあったのであまり身を入れて書いたという思いがなくて」といっているが、なかなかどうして、じつに細かく丁寧に膨大な量の詩を読んだうえで、的確な判断を下している。

たぶん吉本は、ほんとうは好ききらいの激しい人だろうが、冷静な批評眼が寸分も狂っていないのには感服せざるを得なかった。随所にきらりと光る見解が展開されていて、読む者の目を大きく見開かせる。

たとえば吉岡実の作品「僧侶」を論じて「わたしは、この手法を超現実的であるとも思わないし、オートマチックなものともかんがえない。むしろこれは、前現実的であり、また、この詩人が表現とならないで生活に解体してゆく思想を大切にしながら生活してきたことを暗黙のうちにかたっているとおもう。（中略）だから衣更着（信）や野田理一とおなじように、戦前の生活派の詩人よりもむしろ真の生活派にぞくする詩人であるということができる」という個所など、わたくしにはじつにおもしろかった。

前述したように、この詩史論は二昔近くも前に書かれたものであり、その間に吉岡実も少なからぬ変化をみせているから、いまの吉本隆明の吉岡観も当然むかしとは異なるだろうが、ここに引用した吉岡・衣更着・野田イコール生活派という見解は、いまでも立派に通用するはずである。

二部の「戦後詩の体験」は、講演の原稿に手を入れたもので、戦争をくぐった詩人の戦後の生きざま、体験の意味、日常の中の地獄といった問題をとり上げている。茨木のり子、黒田三郎、鮎川信夫らの詩を例にあげての具体的な叙述におもおもしい説得力がある。

最後の「修辞的な現在」は、著者が『修辞的な現在』という論稿が辛うじて成り立ったとき、はじめてわたしは本書を出版してもいいという気になった」とあとがきで書いているのでも察せられるように、著者が苦しみながらも、やっと探り当てた有力な視点に立って書かれた興味深い文章である。

渡辺武信、吉増剛造、鈴木志郎康、天沢退二郎、清水哲男ら中堅詩人から正津勉、平出隆、山本博道、荒川洋治にいたる新鋭詩人の詩を豊富に引用して、「詩は様式的にある飽和点にしゃにむに駈せのぼり、変質し横溢している時期におもわれる」と吉本はいう。

この論稿の基本的な態度は、現在の詩をもっぱら「言葉」の面からとらえるということであるが、筆は古典と風俗の関係、音韻論に及び、言葉本来の機能から、現代の思想、意味の意味に鋭く迫る示唆に満ちた一文である。

現代詩をこれほど深く、重く論じた文章はない。吉本隆明の書いたこの本は、全体的にいって沈鬱そのものの姿勢で、わたくしたちが現にいる世界のむずかしさを徹底的かつ具体的に白日の下にさらしている。

「詩はいつも無意識に成遂げつつある何かだ。言葉が無意識のうちに具現しつつある現実の象徴は詩人の思惑を超えることがあるとおもうばかりだ」という吉本自身、すぐれた詩人として、いまのこの世にありながらこの本を書いたことをありがたく思う。

(新潟日報・一九七八年九月十九日)

修辞的なこだわりに鋭い批判

鈴木 志郎康

吉本隆明氏の『戦後詩史論』(大和書房)は極めて刺激的な本であり、現在詩を書いているものにとってばかりでなく、文学にかかわるものにとって、いろいろな議論を呼び起こす本であるように思えた。それは、言葉による表現が現在追い込まれているところを、非常に明快にえぐり出して、否定し、言葉の表現がこの現在を切り開いていくことを強いるものとなっているのである。

この『戦後詩史論』は、「戦後詩史論」と題された、一九五九年から六〇年に刊行されたユリイカ版「現代詩全集」全六巻の各巻に付された文章に、「戦後詩の体験」及び「修辞的な現在」と題された二つの文章が新たに書き加えられてなり立っている。

「戦後詩史論」では、戦争体験を主軸にして、これとの対応の上で詩の表現を検討して行くという書き方を取り、「戦後詩の体験」では、戦後の詩人がいかに体験というものを表現の根底に持っているか、またこの体験を言葉で表現するとき、その表現過程でどのように思想化して来たかを述べている。そして「修辞的な現在」では、いわゆる六〇年代以後に書かれた詩について、体験というものが意味を持たなくなった時点で、詩の表現は、各詩人の修辞に帰せられるものになったということを、具体的に詩に即して論じているのだ。

特にこの「修辞的な現在」という文章を読み進めて行って、私自身を含めて、現在書かれている詩と詩人が否定的な言葉で論じられているのに立ち会って、非常に痛快になると同時に、暗い気持ちになり、更に励みを感じる気分になったのであった。

この章の冒頭は次のように書き始められている。

「戦後詩は現在詩についても詩人についても正統的な関心を惹きつけるところから遠く隔たってしまった。しかも誰からも等しい距離で隔たったといってよい。感性の土壌や思想の独在によって、詩人たちの個性を択りわけるのは無意味になっている。詩人と詩人とを区別する差異は言葉であり、修辞的なこだわりである」

これが現在書かれている詩についての吉本氏の結論であろう。そして、吉本氏は現在詩人が自らの感性を掘り起こし、思想を構築し得なくなっているところを、逐一論証して行くのである。現在、詩人に修辞的なこだわりしかなくなったことの理由として、都会における詩人の生活の類型化と画一化を考え、「〈生活を個性的な構造をもったものとして把みえなくなった〉そういう意味では生活に入り込めなくなった感性的な体験が横たわっている」からと考えるのだ。そして、現実に言葉を突きさすことのできなくなった詩人たちが、言葉ばかりにこだわっているところを描き出して、これを否定しているのである。吉本氏は「あとがき」の中で、「ことごとく嫌悪にかられ、ぶん投げたくなってしまい筆は一歩もすすまないのである」と書いているが、何故か私もこういうところには同感してしまうのであった。

実際、吉本氏が指摘している通りに、詩を書いている私としては言葉にこだわり続けているわけであるが、それは単に現実を離れて言葉の中だけに安住してしまおうと思っているわけではないのだ。書かれた詩を見ると、「ぶん投げたくなる」ように読めるかも知れないが、書く方としては言葉を何とかして現実に突きさそうと思っている。そのとき私たちの前に、まず立ちはだかってくるのが、この社会の言葉自体の現実ではないだろうか。書かれて、発表されて、吸い込まれて行く、自分の言葉の行方が見えない、ここのところに立たされて、自分の書く言葉がどういうものでなくてはならないかを探り求めて、否応なしに言葉にこだわってしまうのである。

（読売新聞・一九七八年九月二十九日夕刊）

戦後詩三十年の感慨

——快い批評の衝撃と懐かしさ

清岡 卓行

混沌の状況に筋道

おそらく一般的には混沌として見えるにちがいない今日の詩の状態を、ある歴史的な筋道によってすっきり展望させてくれるものとして、吉本隆明の新著『戦後詩史論』（大和書房）は、詩の愛好者にも、また詩の書き手にも、久しぶりに快い批評の衝撃であると思われる。この書物はまた一方において、戦後ずっと詩を書きつづけてきた一人である私などには、戦後詩三十年の流れを感慨深く思い起こさせるものである。私はここで、いささか私的な思いをも交えながら、本書の印象について記してみたい。

『戦後詩史論』は三部構成である。第一部は一九六〇年ごろ出たユリイカ版「現代詩全集」の巻頭に連載された「戦後詩史論」で、それが現れた当時、彼が戦後詩前史の昭和初期における山之口貘などを不定職インテリゲンチャと呼んだことが、若い詩人たちの間で話題になったことを私はなぜかよくおぼえている。その用語は新鮮で、そうした詩人の生態が戦争に吸収されて行く光景が痛ましかった。本論である三好豊一郎を始めとする戦後詩人の作品論評は、作者にたいへん親切で、そこに吉本氏の科学者の風貌を重ねることもできた。――こうした〈古く懐かしき日々〉における感銘は、今読み返してみても変わらない。

不条理の変容に関心

　第二部は「戦後詩の体験」で、講演の記録をもとに新しく書いたという。吉本氏によると、「戦乱を詩の創造を抱えてくぐる」体験に始まる戦後詩人の課題は、「日常の自然感性を根こそぎ疑う」ことを強いられ、かつての全体主義ふうな〈強者〉の論理から西欧近代ふうな〈弱者〉の論理に移り、いわば平和な生活に帰還することであった。たとえば田村隆一の詩「幻を見る人」の第一連は、「空は／われわれの時代の漂流物でいっぱいだ／一羽の小鳥でさえ／暗黒の巣にかえってゆくためには／われわれのにがい心を通らねばならない」である。ここでながめられている空いっぱいの戦争の漂流物に、吉本氏は〈強者〉の論理から〈弱者〉の論理に入る軋みを指摘し、「罰する外部が崩壊したときに、かえって内部が罰しようとする」と書いている。こうした不条理を戦後の詩人たちは現在どのように変容させているか、吉本氏の関心はその問題から離れない。

　吉本氏がいわば徹底的に戦中派である面目が、こうした点にも端的に浮かびあがっている。年齢からいえば私も同じ戦中派であるが、戦中文弱派であり、意見がいくらか異なる。ここでその相違に触れる余裕はないが、私なりに吉本氏の持続力にたいして敬意を覚えるものである。

風俗性を強く指摘

　さて、第三部は「修辞的な現在」で、私にはこの部分がいちばん読みごたえがあった。現在活躍しているごく若い詩人たちの作品にも入念につきあっており、吉本氏の説く今日の詩の様相が生き生きととらえられているのである。

　彼は今日の詩が示している風俗性を強く指摘し、「感性の土壌や思想の独在によって、詩人たちの個性を択りわけるのは無意味になっている。詩人と詩人を区別する差異は言葉であり、修辞的なこだわりである」という。そしてこれは戦前のモダニズムの場合のような流派的傾向ではなく、全般的傾向であり、時代の現実に深く根ざして「ぶ厚い詩的感性の大衆化と風俗化を背景としている」とする。この主張は、今日の詩への彼のにがい愛の表示と見てもいいものだろう。こうした傾向の源泉の一例としてたまたま私の詩「愉快なシネカメラ」があげられているが、これはやはり光栄としなければなるまい。この作品は彼とともに同人であった「現代批評」の創刊号（一九五八年）に載ったもので、思えばふしぎな因縁である。

吉本氏による若い詩人の作品の批評は見事で、たとえば鈴木志郎康に、日常の細部や繰り返しに固執して「ブルトンの裏をかくことができているブルトン的な詩人」を見いだしている個所など、なるほどと感心した。鈴木氏にたいする私の賛嘆がそこで裏打ちされるような気がしたのである。清水哲男の詩の格好よさのポイントや、荒川洋治の詩における古風なパターンの新しい跳躍による好ましさや、正津勉の詩における自嘲や居直りの魅力のルーツの指摘なども、きわめて正確であると思われた。いつのまに吉本氏はこんな鑑賞をしていたのかと、私は手引きの有り難さを覚えたほどである。

大筋では賛成だが

ところで、吉本氏による今日の詩の風俗性の批判に私は大筋においては賛成しながらも、風俗性についての考えが私の場合にはいささか異なることを意識しなければならなかった。簡単にいえば私の場合は、詩人が実現すべき現代性（モデルニテ）に風俗性は多かれ少なかれ重ならざるをえず、どちらか一方であると決めつけるのは無理なのである。

戦後しばらくのことでいえば、私に最も深く現代性が感じられた詩は金子光晴の戦中・戦後の仕事で、それだけがそのとき読むに耐える唯一の詩業であった。そこに少しの風俗性がなかったわけではないが、「荒地」や「列島」の詩人たちが含む風俗性より、それは微弱なものに感じられた。私は思いつきでこんなことを書くのではない。金子氏が亡くなったときの追悼文でもこのことに触れている。私がとにかくも「荒地」を評価するようになったのは、ほかならぬ吉本隆明がそこに加わり、戦後詩の新人に初めて確固とした背骨を覚えたときからである。

（読売新聞・一九七八年十月十九日）

吉本隆明『戦後詩史論』　中村稔

戦後詩という言葉はあるが、戦後小説という言葉はない。このことは、小説の世界では戦後作家たちの作品が「小説」であることに何ら疑いをもたれていないのに反し、詩の世界では戦後詩人たちの作品が「詩」としてまだ認知されていないことを示しているからだろう。それは何故なのか。いったい、戦後詩人たちは戦前にその手法を確立した詩人たちとどう違うのか。何故、違うことになったのか。戦後詩人といっても、戦後すでに三十余年、戦争体験もさまざまである。それでも戦後詩人たちに共通して認められる特徴は何なのか。それはまた何故なのか。本書は著者がこうした問題にまともにとりくみ、いかに苦闘したかを示す、まことに野心的な著書である。

第一部「戦後詩史論」で西脇順三郎らの世代に始まり、谷川俊太郎らの世代に至る七十人余の詩人を概観し、第二部「戦後詩の体験」で戦後詩の原点をさぐり、第三部「修辞的な現在」で著者は戦後詩の方法について語る。

この三部から成る本書は決して理解しやすいものではない。「戦後詩は現在詩についても詩人についても正統的な関心を惹きつけるところから遠く隔たってしまった」とは第三部の冒頭だが、できの悪い翻訳を読む感がある。また〈遊戯〉から〈概念の自然〉へというのが戦前のモダニズムの過程とすれば戦後詩の現在は〈概念の自然〉から〈概念の概念〉へというところに著しくおかれている」という同じ第三部の文章も素直に理解できればふしぎである。

本書は難解であるが、同時に、独創と教示に富んでおり、また独断にもみちている。たとえば、著者が第三部で説くことのひとつは、戦後詩人を感性や思想で区別することは無意味になった、ということである。これに戦後詩人たちはどう答えるのか。本書はそういう興味をそそってやまない。

(週刊現代・一九七八年十一月十六日号)

詩的言語の変貌を軸に試みた状況確認

中野 孝次

「いまから二、三十年ほど前には詩の言葉はじかに、現実を引掻いている感覚に支えられていた。言葉は現実そのものを傷つけ、現実そのものから傷を負うことが実感として信じられたほどであった。現在では詩の言語は言葉の〈意味〉を引掻いたり傷つけたり変形させたりしているだけだ。そのために〈意味〉以前の〈音韻〉に手ごたえをもとめている。なぜ詩の言葉はこれほど現実から疎隔され実感から遠いところに浮んでいるのか」

吉岡実、清岡卓行から平出隆まで、現代詩の「修辞的な現在」を個々の作品分析を通じて確認していった末に、著者は詩の現在をそういうところに位置づける。二〇年前までは労働そのものであった作業服が今では若者の流行装飾となったように、詩的言語もまたこの二、三十年間にそれだけ変貌を余儀なくされた。詩がそれぞれの時代の最も鋭い存在感覚の表現であるなら、つまりこの必然的な変貌のなかに、戦後から飽満な空虚の今への状況の変化が反映しているわけである。

なぜそうなったのか。一体この変貌はどのようにして起こったのか。

吉本隆明の『戦後詩史論』は、そういう人間存在の根源に関わる問いを底にひそめながら展開する状況確認の試みである。「戦後詩史論」「戦後詩の体験」「修辞的な現在」の三部にわかれ、さまざまな視点からその問題を掘りさげてゆく。一体われわれはいまどういう地点にいるのかという切実な問いに支えられ、単なる客観的な文学史的位置づけと違う迫力がある。「戦後詩史論」は、そういう現在を確認するために、昭和初期の「不定職インテリゲンチャ」詩人群にまで測深器を沈めてゆく。山之口貘、草野心平、小熊秀雄ら、生存の社会的基盤を持たない疎外された詩人らの仕事が、西脇順三郎、北園克衛らモダニズム派と比較され、戦争がかれらにどう作用したかを鋭く見きわめる。かれらが「戦争によって社会にたいする不定の意識を消失させられ、一個の庶民にまでその生活感覚を還元させられた、その余剰は戦争の風雲をのぞむことによって充たされた」と見るわけである。

これにたいし、鮎川信夫、田村隆一、黒田三郎ら「荒地」派の詩人や、関根弘、安東次男ら「列島」派の詩人たち、つまり戦後詩を直接担った者たちの意識の層はどう違い、なにがかれらの詩を支えたのか。

ここでも著者はそれらの詩を一つ一つくわしく検討してゆきながら、たとえば鮎川の「祖国なき精神」、田村の「立棺」、黒田の「時代の囚人」をひいて、言う。

「現実上の困難はあるが、精神は日本近代史の上ではじめてといっていい無限の可能性をはらんでいる。現実は鎖につながれているが、詩的な想像力は世界を疾駆することができるはずだ。(略)荒地派の詩人たちにとって、すくなくともそう考えることなしに、愚劣な敗戦混乱に生きる理由がなかったと考えられている。それにもかかわらず日常世界におとずれた平和は、箱庭のようなちいさな事物にとりかこまれている。かぎりなくどこへでも疾駆できるようにおもわれる詩的想像の世界と、みじめな社会的な現実の制約とを、戦争体験によって生々しく植えつけられた現実にたいする関心によって調整しなければならなかったところに、荒地派の出発点がおかれた」

荒地派の詩人らの生の理由と詩の理由とが、大きな時代背景の中にこのように明確に認識されているのである。このへんの記述は透徹していると同時に、はっきりと戦後詩の骨格を構造化していて力強い。詩がこの時期には現実を傷つけ、現実に傷つけられるもの、すなわち詩人の生の理由たりえたことを納得させるのである。

そこから現在の、詩が言葉の遊びにならざるをえなくなり、言葉が風俗そのものとして使われる状況まで、三〇年間に何が起こったのか。それを田村隆一から長田弘、吉増剛造まで、その間に登場した詩人らの詩の具体と丹念につきあいながら辿るのが、「戦後詩の体験」である。さらに現在の病状をその詩的表現のかたち、すなわち修辞の問題から正確につきつめていったのが、「修辞的な現在」である。そして詩の現状は、

「感性の土壌や思想の独在によって、詩人たちの個性を択り

わけるのは無意味になっている。詩人と詩人とを区別する差異は言葉であり、修辞的なこだわりである」

と認識される。

このようにきわめて刺激的な断定や立論を随所にちりばめながら、吉本隆明のこの『戦後詩史論』は、展望のとりにくい現代詩の全体について、悪戦苦闘しつつ、きわめて力強い一つの視野をきりひらいてみせている。

詩の背景にあるのは詩人とともにわれわれが生きてきたこの三〇年の現実である。詩的言語の究明を通じて吉本は、戦後から今にいたる状況そのものに読者の目をひらいているのである。これは吉本隆明にして初めて成しとげられた、骨太な現代詩史論であろう。

(朝日ジャーナル・一九七八年十二月十五日号)

小説の現在に対する疑問

平均的読者の立場で—内容でなく表現・文章・結構に興味

佐佐木 幸綱

読者も修辞的現在の構成員

吉本隆明の近著『戦後詩史論』の後半部をなす「修辞的な現在」が、衝撃的な詩の現在論として受け止められているのは周知のところであろう。《感性の土壌や思想の独在によって、詩人たちの個性を択りわけるのは無意味になっている。詩人と詩人とを区別する差異は言葉であり、修辞的なこだわりである。》との断言ではじまる一章は、おのれの感性や思想を信じているつもりの詩人たちにとって、まさに衝撃的な指摘であった。感性や思想のみではない、生活自体が個人のものではありえなくなっているのだ。吉本は、清岡卓行の「愉快なシネカメラ」中の二行、

かれは眼をとじて地図にピストルをぶっぱなし
穴のあいた都会の中で暮す

を引用して、次のように言っている。

《こう表現したときに、すでに戦後詩の修辞的な彷徨は開始されたのではなかったか。詩人は都会のアパートやマンションの四角な窓の奥に、構えられた画一に四角い穴のような部屋つづきに生活している。(中略)穴のなかにひそんでいるような気楽さと誰もがおなじ貌をしおなじ服装をしていて、ある日ふと自分と不特定の他人とそっくり取替えても不思議におもうものはいないかもしれない危惧や畏れもつきまとっている。鳥瞰的に視るか穴の内壁しか視ることができない生活の場所からどうして自分と他者をわかつことができよう。この日常性はその街の地図の任意の場所に、玩具のピストルで孔をあけてその穴の中で暮すという暗喩にもっとも適切に表現されるのではないか。

（中略）地図にピストルで穴をあけてその穴のなかで生活するという表現にたいする驚きの根源には〈生活を個性的な構造をもったものとして把みえなくなった〉そういう意味では生活に入り込めなくなった感性的な体験が横たわっている。》

「修辞的現在」は、感性、思想はもとよりのこと、各自の生活さえ、個性的な構造をもったものとして把みえなくなった、そんなわれわれの時代を土壌として成り立っているのだ、と吉本は指摘する。

細部を思い浮かべて、そんなものなのかなあ？　という思いがしないではないが、トータルな視点で鳥瞰すれば、吉本の指摘は正確だと私は見る。そうしてさらに、詩人だけではなく小説家も、そしてここが大切なところなのだが、読者もまた「修辞的現在」の一員を形成しているのだと思われて来るのである。

つまり、こういうことになろうか。小説家と読者との関係が、「修辞的現在」を構成する一員同士の結びつきという、新しい状況をむかえているのだということ。いつからそうなったのか。内向の世代の登場が、そうした小説家対読者の新しい関係の時代の幕開けだったのではないかと、今になって思われるのである。

（週刊読書人 抄・一九七八年十二月二十五日）

シリーズ　作家訪問12　吉本隆明氏

『戦後詩史論』の著者、吉本隆明氏に聞く

――最後に『戦後詩史論』について少し聞かせていただきます。ぼくを含む熱心な吉本ファンにとっては、第一章と第二章はともかく〈若い世代と戦争を体験した世代との脈絡を戦後詩の思想の観点から結びつけ、「言葉」の面から浮かび上がらせよう〉と意図され、吉本さん自身も最も苦心されたという第三章「修辞的な現在」にはいささか不満があるのです。その不満の一つは、どう考えても吉本さんがそんなに高く評価されているとは思えない、あるいはもっと単純にいえば好きだとは思えないような詩人たちの詩を「一つの原則的な方法意識」でまとめる手段のためにやむをえず無理をして引用しながら論をすすめられているところなのです。つまり嫌いなものは嫌い、好きなものは好きだというういつもの吉本節がきかれず、そのために論そのものもいささか歯切れが悪いものになっているのではないか、ということがあるのですが……。

吉本　第一章は「あとがき」にも書いたようにぼく自身が不満で「全著作集」にも未収録だったものなんですが、これは歯切れがいい悪いということでいえば一番いいかもしれません。しかしぼく自身は詩を論ずる場合に一番肝心な表現、言葉の問題が無視されているという点が不満なんです。少なくとも詩の評価とい

うのは極端な例でいうと、この行（あるいは言葉）の次にどうしてこの行（言葉）がきたのかということを論じ、分析することが出来なければダメだ、つまり詩の批評は成り立たないだろうとぼくは思っているわけですから。ところがこの第一章では詩そのものよりそれを書いた詩人や生活の方に力点が置かれていますからね。というわけで第三章の「修辞的な現在」では自分の思想論と現在の詩の評価とを、とにかく言語というものを介して融合させる視点はあるのかというモチーフで書いたんです。思想論と詩の表現論とを、言葉を媒介にして一致させる試みですね。それはある視点からのみ可能なんですが、その視点がちょっとでも狂えば多分それは詩を手段にした一種の思想論になってしまうだろうし、つまりそうなると思想論をモチーフとして詩をぶったぎってきりさばいていくことになってしまうわけですね。また違う意味で視点が少しずれてしまうとこれは典型的な詩を幾つか並べて、いわばそれを解説するような、そういうものになってしまうと思うんです。そのいずれでもない一つの視点がみつけられればこの論は成り立つと思ったんですが、やりだしてみるとなかなか大変で、そこのところでぼくは一番苦心しました。だから結局のところその苦心したちょうどその度合いが多分歯切れが悪いと指摘される度合いと一致するところなんじゃないでしょうか。好き嫌いということでぶったぎらなかったのは、別にまんべんなく愛嬌をふりまいたわけではなく、詩の表現の分析と、いまぼくが考えている思想論とをどこかで融合させたいという気持からそうなったのであり、ぼく自身はそれはある程度成功したと思っているんですがね。つまりこの本は思想論としても、また詩論としても読めるように出来ている筈なんですよ。（インタヴュー構成＝安原顕　新刊ニュース　抄・一九七八年十二月）

むかしむかし

佐々木幹郎

詩は今どこへ向かっているのか？　こういう問いかけはいつでも幾度でもくり返して試みる必要がある。むろんこの問いは現在では、幾度くり返してもたちまちの内に、問い自体の中に吸引される。詩人や時代が動揺を体験しているとき、その動揺の本質的な面貌は詩作品の上に必らず大きな影を投げかける。どこへ、という問いに対する答えは、さまざまに分裂するにしても、現実をつかみとろうとする尺度は、詩作品の内部から新たに作られようとしている時期だからだ。あるいは問い自体の中に、すでにその時代にとって不可避的な詩の様式がはらまれているということもあるかもしれない。しかし現在は違う。

詩は今どこへ向かっているのか？　われわれは現在こう問うと、何度でもくり返し目に見えない障壁にはじきとばされる。すでに問いかけの内部で疑問符が硬化しつつあるのだ。答えを欲していないのではなく、詩の内部から答えることができないという意識が前提となっている。詩人や時代が動揺の体験を失っているからだろうか。そのために詩の現在は、インパクトが外部からやってくるのを待望しているのだろうか。

　現象的にはいかにもそのように見える。現在のあまりにも風通しの良すぎる、平明な詩作品の横溢状況を見れば、どこか戦争前の昭和初年代の匂いが運ばれてくるといった様相さえあるのだ。これを別の言い方でいえば、現実をつかみとろうとする尺度が、あるいは詩の様式が抽斗（ひきだし）のように、風通しの良いところで横に並んでしまった風景だ、といえなくもない。この風景を縦に割っていくことは困難で、ただ横に割っていくことができるばかりだ、という声がある。わたしはその声にうなづきながら、同時にそこにある何やら砂を噛むような思いにウェイトを置きたいと考えている。

　つまり詩の思想性ということからいえば、それを積み上げるのに現在ほど絶好の機会はないのだ。袋小路の感覚と詩の危機はまだまだ続くだろうが、それはわれわれが動揺の体験を失っているからではなく、失った後にはじめて摑むことのできる言葉をまだ発見していないからだ。小説家の中上健次は今年の八月、「文学は戦争を欲している」といった。この発言以来、方々でファシスト呼ばわりされているらしい。馬鹿馬鹿しい話だ。この場合の「戦争」とは文学用語であっても決して社会科学の用語

ではない。彼のいいたかったのは、現象的に「戦争を欲している」文学は本質的には何かへの逃げ切りを決めこんでいるという指摘ではなかったか。「戦争」をここで外部という言葉に変えてもいい。詩へのインパクトがそういう外部からやってくるということはありうるだろう。しかし詩のエネルギーはいつの場合でも、外部への照応によって盛り上ったことはなかった。むしろそこでの外部に対立し、対立することによって取り込んでしまうということがなければ、照応というレベルは詩の衰弱へ向かうか、何かへの逃げ切りの過程を踏むかのどちらかである。

　いや詩（文学）は最初から外部そのものなのだ。もっといえばそれは言葉の無い世界そのものなのだ。そこで内面を発見することが詩人の存在ではなかったか。いずれにしても、これは外部を実体化するということではない。逆に外部を幻想として見ることだ。

　こういうことを考えたのは、吉本隆明の『戦後詩史論』を読んだときだった。これはすぐれた戦後詩の入門書である。二〇年近く前に書かれた「戦後詩史論」の章を別にして、書きおろしの「戦後詩の体験」と「修辞的な現在」の二章には、戦後詩総体に向かって戦後詩人自身がはじめて結着をつけようとした、その後ろ姿が明瞭である。なぜ後ろ姿というのか。吉本氏はこの本の中で、詩は今どこへ向かっているのか、と問うのではなく、われわれは今どこにいるのかという問いだけを問題にしている

戦後詩史論目次

戦後詩史論 新版

吉本隆明

思潮社

戦後詩史論

新版

吉本隆明

思潮社

からだ。「詩はいつも無意識に成遂げつつある何かだ」。この言葉を基調にしたとき、今どこにいるかだけは詩の内部から答えることが可能である。そうこの本は教えてくれる。同時に、詩の現在に対する砂を噛むような思いはこの言葉の中に裏打ちされている。それを吉本氏における詩への大いなる諦念と読むか、逆に執念と読むかは読者の自由にまかされている。

風俗は思想が人間を前から後へ映したり右から左へ位置を変えたりする魔力をもつことを信じなくなった。また思想自身がこの世界で永続的に中心を持ちえないのではないかと危惧している。持たれている中心はすべて苦々しい失敗の刻印としかみえない。信仰は救いなのだ。対象がなんであれ懐疑が救いなのだというためには世界を捨てるか自分を捨てるかを択ばなければならなくなっている。けれど懐疑の奥ふかくに行ってもう帰る気はしないといい切れないところで詩の思想の現在がくりひろげられている。

「修辞的な現在」の末尾近くにこういう述懐がある。「信仰は救いなのだ」という言葉が突然とびこんできている。むろんここで言われている「信仰」は、思想の魔力に対する「信仰」であり、この世界での思想の中心性に対する「信仰」の謂であることは確かだ。しかし、文脈がほとんどモノローグの体をなして続いているため、なかなかその意をくみとりにくい。このことに象徴的なように、「修辞的な現在」という章は、後半部の結びに近づくにつれて足どりが重くなっている。詩の現在を論じるのに、入口を清岡卓行に置き出口を谷川雁に置き、その入口と出口が丁度、屏風のように折りたたまれている。つまりこのように円環し滞溜しているものの中に、「詩的な修辞がすべての切実さから等距離に遠ざかっている」ありさまの源泉を見ようとして、先に引用した述懐が出口のすぐ横に置かれているというわけだ。

（現代詩手帖 抄・一九七八年十二月号）

新書解体 吉本隆明〈戦後詩史論〉

〝修辞的現在〟の異和

川本三郎

「戦後詩史論」「戦後詩の体験」「修辞的な現在」の三つの詩論によって構成される本書のなかでいちばん刺激的なのは〝トリ〟になっている「修辞的な現在」である。

この論文は、鈴木志郎康、清水哲男、荒川洋治、平出隆といった現代詩の最前線にいる非戦中派・戦後派の詩人たちに対する、戦中派詩人・吉本隆明のあるにがにがしさ、異和感をモチーフにして書かれたものであることは間違いない。ちなみに、鈴木志郎康にせよ清水哲男にせよ、自らの思想形成期に吉本隆

明の思考に影響を受けた詩人たちの筈であり、そうした〝後輩〟詩人に対して、いま、戦後がすでに三十余年もたち、「戦争」が見えにくくなっている時に、吉本隆明が〝彼らの詩は修辞的である、いな、修辞的に過ぎない〟とにがにがしく呟いている姿は、実に状況的なのである。平俗な比喩でいえば（いやこんな比喩を使えば〝評論もまた修辞的である、風俗化している〟と吉本のヒンシュクを買うのは承知の上だが）、この吉本のにがにがしさは、たとえば歌謡の世界で、大衆の怨念とか情念といった土俗的な感性に根を持つ演歌が力を失い、都市中間階級の子弟の自己表現たるニューミュージックが全盛になっていることに対する中年カラオケ族のとまどい・にがにがしさと似ている。戦後三十余年、資本制の高度化により、農村の都市化、大衆自身の生活の揚げ底化がいや応なく進行しているアモルフな時代状況は、詩人たちの詩的想像力をも規制し、そこに詩の困難な時代が来ていることは間違いない。そしてこの「詩の困難」は実は「思想の困難」「文学の困難」にも通じる、広く今日的な状況といってよく、その意味では「修辞的な現在」は単にひとつの詩論にはとどまらない普遍性を持っている。実際、「世界」や「中央公論」より「ぴあ」が読まれる現在とは、「修辞的な現在」そのものではないか！

　戦争をくぐり抜け、さらに戦後の、「革命」という言葉が単に修辞などではなくまさに骨肉を持った実体そのものとして信

じられていた時代に青春期を送ってきた吉本隆明にとっては、詩は、現実と格闘する生活の中から生まれてくる「ほんとのこと」であった筈だ。詩はまだ、自己の「分身」として、自己の象徴的な発光体として、キラキラと光っていた。戦争と革命、生活と思想、知識人と大衆、都市と農村、近代化とナショナリズム……問題は無数にあり、どれも切迫していた。そしてそれらの課題の中に全力で身をのめりこまれながら吉本は、「自立」の思想を切り出してきたのだし、詩的想像力をきたえあげてきた。

　だが……とここで吉本もそして私も、ため息をつかなければならない。いま、そんな、身を切るような体験、切実な思想を支える根拠はどこかにあるのか。そうして、きたえあげられた、あるいは尖鋭な未来を予想させる思想はあるのか。そもそも思想などあるのか。あるのは「無思想と無智」ばかりではないか。ここから吉本は、そうしたアモルフな状況に対して、あるとまどいとにがにがしさを表明していく。

　「現在、詩は様式的にある飽和点にしゃにむに馳せのぼり、変質し横溢しようとしている時期におもわれる。奇想天外な詩形式が変質のなかに胎生しつつあるというのではない。そんなことがありうるものでもない。けれど詩が言葉の内的な宇宙に拒否的な意味様式をもとめようとしながら同時に感性的な喪失を体現しつつあることはたしかだ。この情況はまたぶ厚い詩的感性の大衆化と風俗化を背景としている。」

詩が、切実な言葉となって一個の詩人の中から熱っぽく産み出されるのではなく、広告コピーやフォークソングの歌詞のように淡く無性格に発せられ、状況の中に流されていく。それを吉本は「詩的感性の大衆化と風俗化」と呼ぶ。そして、呟く……かってはこんなではなかった！

「いまから二三十年ほど前には詩の言葉はじかに、現実を引掻いている感覚に支えられていた。言葉は現実そのものを傷つけ、現実そのものから傷を負うことが実感として信じられたほどであった。現在では詩の言語は言葉の〈意味〉を引掻いたり傷つけたり変形させたりしているだけだ。」

言葉と現実との間に確かな、手ごたえのある関係が成立していた「二三十年ほど前」にくらべれば、言葉はたしかに「現実を引掻いて」いない。あまりに的確な分析で〝いまさら吉本にそんなことをいわれなくたって、オレたち自身、手ごたえのない状況にいらだっているのだ〟と言葉を返したくなるが、しかし、この「修辞的な現在」という論文は、現代の詩人たちにあるにがにがしさを表明しているとはいえ、吉本の語調は決して激しくはない。かつて〝前世代の詩人たち〟を撃ったような荒々しさ、激しさはない。それはおそらくは、吉本が自分自身もまた、戦後の圧倒的な資本制の高度化がわれわれにいま強いている〝修辞的な現在〟から容易には逃れられないと自覚しているからではあるまいか。つまり、「修辞的な現在」は、現在の外側からの現代詩人批判ではなく、現在の内側からの現代詩批判になっているのだ。

なぜなら、〝修辞的な現在〟とは何ら突然変異的に戦後史にあらわれた異質な時間なのではなく、まさに戦後三十余年のたどった（吉本自身もその中に生きた！）帰結としての、連続性を持った時間なのだから。

吉本の言葉を借りれば〝修辞的な現在〟とは「戦後詩の体験の終結宣言」なのである。

戦後三十年という時間は、詩の言葉が「じかに、現実を引掻いている感覚に支えられていた」幸福な時代から、詩の言葉が「すべての切実さから等距離に遠ざかっている」修辞的な時代への歩みということができる。それはいや応なく私たちを規制してしまっている。いくら演歌が好きだといっても、ニューミュージックが誕生してきた必然は認めざるを得ないし、それを無視して演歌を再生することは出来はしない。

「戦後詩の体験」という本書のもうひとつの論文は、この〝修辞的な現在〟への歩みを「修辞的な現在」よりはいく分主観の度合いを薄めて書いている。それもその筈なのだ。先述したように、〝修辞的な現在〟は、それだけが孤立した時間ではなく、戦後三十年の果てにやってきた、「いまから二三十年前」と連続性を持った時間なのだから。

鈴木志郎康や清水哲男、あるいは荒川洋治や平出隆の前方には、谷川雁や鮎川信夫が確かにいるのである。そしていわば〝修辞的な現在〟を先取りした詩人として、谷川俊太郎もこの連続性の中にある。

「戦後詩はどこへいってしまったのか。戦後すでに数十年たっている。戦争とはぜんぜん関係ないところで生れ、そして育った人々が、社会のうねりの大部をつくるように成熟している。」

いわば、日常性の拡大であり、〝戦後は終った〟である。戦争の記憶がいまだ濃密であり、それを言葉の切実な根拠にしている戦後詩人にとっては、きわめて生きにくい、不適応の時代がやってくる。

吉本はそうした時代の象徴的な詩人として鮎川信夫をとりあげ、その詩「戦友」に触れながら書いている。

「かつて戦争の中で生死の境を一緒にくぐった、そういう生命の極限の体験をした戦友たちが、すでに戦後何十年かたって再会してみる。皆が怠惰を愛し、日常の利害を愛し、それで妥協を愛し、そしてあらゆることが無事平穏に、じぶんの目の高さと同じような問題として、みんなよくみえてわかっているといったことになる。そういう安逸な日常とそれを許している社会だけを望むようになっていた。不都合な出来ごとがあるとすれば、〈そいつは、時代がわるくなったなあ〉と嘆声をあげればすんでしまう。」

「鮎川信夫のこの『戦友』という詩は一種の冷たい目で諷刺している。じぶんの中にある戦争体験の核がじぶんの中に持続していて、持続しているじぶんの体験の核のようなところからみると、すでに生死の境を一緒にくぐったそういう人間たち、あるいは人を殺したこともある、そういう人間たちが、そんなことをケロリと忘れた、そういう無気力、怠惰を愛する人たちになってしまっている。それを冷たい目でつき放して描いている。戦後の始まりの体験は鮎川信夫には現在も心のどこかに失われないで持続されている。」

ここで「戦争体験」を「安保体験」や「全共闘体験」に置き換えてみたい誘惑にかられるが、それはいささか冗舌のそしりを免れえまいので禁欲しなければならないが、鮎川信夫の「冷たい目で諷刺」されている風景は、熱狂したもの・非日常的な昂揚がいったん冷却化したあとに必ず訪れる自省と自嘲のにがい風景そのものだろう。そのにがさは時には身勝手な挫折のロマンチシズムにも風化してしまう。かつて、花田清輝はこの日本的ロマンチシズムを、老人のリアリズムで笑殺することにより相対化したが、吉本隆明はそれに庶民の生活を対置させることによって相対化した。そこが吉本の独創であり、そこから〝決して大衆を敵にしない〟「自立」の思想が生れていったことはいうまでもない。

「戦後詩の体験」の中でも、吉本は、日常性を批判する鮎川

信夫を評価しながらも、しかし同時に、日常性という繰返しに対する考え方は、自分と鮎川とでは違うとつけ加えることを忘れてはいない。つまり、鮎川にあっては、非日常の下位に日常が位置づけられているのに対し、自分はむしろ逆だと「自立」の思想の根源を述べている。

「日常生活の安逸さ、怠惰さに馴致してしまった、そういう人間たちをつき放していれば諷刺としてしかみえない、ということはひとつの価値観だが、わたしのかんがえ方は転倒している。人間の最も価値ある生き方というのは、怠惰に、安逸に、そして今日も無事に、そして生き、そして死ぬということにあるとおもえる。戦争を凄いことだとおもうのも嫌だし、戦後の平穏を安逸とおもうことだって嫌だ。」「人間の生涯は今日も生き、無気力に勤めに出かけ、また帰ってきて、といったふうな生きざまの中に、本当は内面的な地獄といったものも、極楽といったものもみることができなければ、どうすることもできない。」(傍点・引用者)

吉本の読者ならすでにおなじみの〝吉本節〟である。それはたしかに、いつも世界を上からしか見ることのできなかった知識人への鋭い批判になりえていた。しかし同時に〝思想の真の課題は知識人の浮わついた言葉の中にあるのではなく、無言に生きる庶民の生活存在様式にあるのであり、自立した知識人は彼らの存在そのものと拮抗しうる言葉を書かなければならない〟という言い方は、一方で、「自立」の思想そのものを相対化する契機を失い(なぜなら、批判に対しては、〝真実は君たちの言葉などにはなく、無言の庶民の生活の中にある〟と繰返していればいいのだから)、まさに「内向の世代」に対応する自閉意識を生むことになったのは否定できない。

そして〝修辞的な現在〟を生きざるをえない戦後育ちの私などがいまいちばん「自立」の思想に当惑するのは、はたしてその根拠となっている、いわば理念としての「大衆」「庶民」そのものの存在様式がいまだリアリティを持っているかという疑問ゆえなのだ。

庶民の生活様式自体もまた〝修辞化〟しているのではあるまいか。無論、「今日も生き、無気力に勤めに出かけ、また帰ってきて、といったふうな生きざま」という形で純化していえば、〝修辞的な現在〟、庶民はまだ健在といえようが、それが果して他ならぬ知識人の思想の根拠となるのだろうか。ありていにいえば、知識人の方は庶民の存在様式を自らの思想をきたえるものとして必要としているが、肝心の庶民の方は、知識人など必要としていないのだ。

吉本自身、たとえば富岡多恵子との対談の中で、「(本当の庶民というのは)富岡さんがいくらポピュラーなものを書いたって、ぼくがいくら何とか言ったって、そんなものは見向きもしないですよ」と明確にいっているが、いまや、こんなことなど言う

のも大仰なほどに自明な事実なのである。「自立」の思想のリアリズムは、〝修辞的な現在〟、〝どうせオレたちの書くものなんか大衆さまには見向きもされない、それで当り前なのだ〟という実感的ニヒリズムに通じているのだ。

そして、一方で、大衆―知識人の明快な図式・区別が崩れているという現実すらある。戦後育ちの多くの書き手に共通しているのは、使命感とかオピニオン・リーダー意識といった仰々しさをあらかじめ無縁なものと感じている〝大衆意識〟ではあるまいか。

自分の中に〝大衆意識〟が拡大しているというのに、「自分が書いているもので何に耐えればいいんだと言えば、そういう（本当の庶民）人たちに耐えなければダメで、他のものには耐えなくてもいいけど、それには拮抗できなければ仕方がないと思って、いつも自分の尻をひっぱたいていますけどね。」（富岡多恵子との対談『思想の根源から』）という「拮抗の思想」は、すでに遠いのである。無論、私はそういったからといえ、吉本の誠実な倫理性を否定するものではない。〝修辞的な現在〟から出発せざるを得ない人間にとっては、すでにそういう倫理性すら持つことができないといいたいだけだ。

庶民―知識人のあいだに緊張関係があって始めて「拮抗の思想」は成立するのだが、はたしていまそういう緊張関係があるのか。

「詩人は都会のアパートやマンションの四角な窓の奥に、構えられた画一に四角い穴のような部屋つづきに生活している。おなじように背広やネクタイをつけ、おなじ時刻に鞄をさげて出かけて、おなじ時刻に帰るかもしれない」と吉本は、現代詩人の生活を想像しているが、それこそ〝大衆化・風俗化〟した詩人そのものだろう。そしてあえていえば、庶民や大衆の存在様式の中にではなく、「〈生活を個性的な構造をもったものとして把みえなくなった〉」詩人たちの〝修辞的な現在〟の存在様式の中に、真の思想の課題が逆照射されているかもしれないという逆説すら成立しうるのである。

瑣末な指摘だが、先に引用した「戦後詩の体験」の〝吉本節〟の中に気になることがある。「人間の生涯は今日も生き、無気力に勤めに出かけ、また帰ってきて、といったふうな生きざま」という文章にあらわれる「人間」という言葉だ。「大衆の原像」を自らの思想の核にしてきた吉本は、こういう文脈ではふつう「大衆」か「庶民」を使っていた筈だ。それが「人間」というより普遍的な主語に変っている。もしかしたら、吉本自身も「大衆」や「庶民」という言葉に切実な現実性を感じなくなったのではあるまいか。修辞的な〈意味〉しか……。だが、無論、これは身勝手な推断である。なぜなら吉本はやはり思想や普遍性を持った世界認識の存在を信じようとする、修辞的でない詩人なのだから。

「中央公論」七八年十二月号での樺山紘一によるインタビューの中で、樺山の「フーコーあるいは構造主義一般の考え方に対して、依然として、かつてと同じように、構造じゃない、やっぱり人間だ、しょせん生きているのは人間だから、人間である自分と人間が書いたところの文芸作品あるいは人間が行なったところの歴史事象、この二つはお互いに人間だからわかりあえるんじゃないか、こういう立場を固執することで、フーコーあるいは構造主義に対応できるかどうか」という質問に対し、吉本はヘーゲルへの親近感を語りながら、逆に次のように構造主義への異和感を表明している。

「たしかにフーコーなどによって新しい人間概念が作れるかもしれないし、新しい文学概念を作れるかもしれない。あるいは新しい記述概念も作れるかもしれないと思いますが、それを承認するためには、どうしても一種の総合性といいましょうか、世界認識性といいましょうか、それを放棄するより仕方がないんじゃないか。そのことを、ぼくはそう簡単には放棄出来ない。」

「総合性」といい、「世界認識性」といい、ここで吉本がいっていることは「構造主義」を「現代詩」に置き換えれば、まさに『戦後詩史論』のテーマと同じことではあるまいか。つまり、いかに思想とか世界認識が獲得できなくなった時代だからといって、それを放棄したところからは決して秀れた詩は生れないのだという。（いささか私的な好みを加えれば、〝人間は死んだ、そして構造がよみがえった〟という構造主義の風潮に抗して、あくまでもヘーゲルふうの世界認識をよりどころとする吉本が好きである）

戦後の、まだ詩の言葉が「じかに、現実を引掻いている感覚に支えられていた」時代が終って登場してきた若い世代の詩人たちを吉本が批判する場合の根拠は、あくまでも彼らの「無思想性」なのだ。たとえ、彼らがそうならざるを得ない戦後三十年の必然は認めるにしても、世界をより普遍的にとらえたいという吉本の激しい意志は、〝修辞的な現代詩人たち〟の思想性の欠如を撃ちつづけてやまないのである。

「これらの若い世代の特徴をもっとも鋭くあらわしているのは、自己意識の単独性ということであろう。じぶんの精神的な体験の蓄積は、他のたれかと根底でつながっており、また、歴史的な思想の脈とも、意識するといなとにかかわらずつながっているという自覚が無用なところに、ぽつんと佇立しているのが、この詩人たちの世代の特徴といえる。この単独性は、詩の問題としては思想的な意味の展開と重層化を不用にしたということができる。」

「これらの若い世代の詩人たちの決定的な悲劇は、まだ連関のなかで自己を把握するまえに表現としての自己把握を完成してしまったところにある。」

実に的確な分析であるといわねばならないが、私としては、

だから彼らはダメなんだ、とはいうことは出来ない。彼らもまた、思想や普遍性をもった世界認識の必要を痛感しながらも、しかし、いまそれらの再生の手がかりを得られぬまま、〝修辞的な現在〟の中でとまどっているのだから。私は、既成の世界認識に安易に走るくらいなら、〝修辞的な現在〟に耐えた方がよいとする詩人たちの中にこそ誠実さを見たいと思うのだ。

「在来の諸体系が崩壊する時代には、一方で、裸の『事実』に対する注目が出現するのと同時に、他方では、『感情』や『心指し』や『気』への特別の関心が立ち現われる。」（藤田省三・岩波日本思想体系『吉田松陰』解説）

若い現代詩人たちは決して〝修辞的な現在〟に居直っていないのである。〝思想なんてなくたって修辞があるさ〟という居直りと、〝思想が崩壊したいまは修辞しかない〟というニヒリズムは、はたから見れば修辞という現在の姿において同じように見えるかもしれないがその内実はまったく違ったものである。

清水哲男の詩や、荒川洋治の詩の、奇妙に明るい修辞の中に「在来の諸体系が崩壊する時代」性を感じとるのは私だけだろうか。

無論、この時、私は次のような吉本隆明の正確な指摘は忘れないつもりでいる。

「われわれの社会ではいつも奇妙なことがおこなわれる。インテリゲンチャは、たいしておのれの孤独をつきつめてもゆかないうちに大衆から離れていくのではないかと危惧し、大衆はインテリゲンチャには反撥や劣等感をもつが、大衆的な思想の領域をつきつめようとはしない。」

（文学界・一九七九年二月号）

戦後詩体験の終焉

鮎川信夫
北村太郎

鮎川　吉本隆明のこの本は、戦後詩を理論的・全体的にとらえた、最初のまとまった本だと思うんですが、ただ、彼の一連の仕事、たとえば『言語にとって美とはなにか』とか『共同幻想論』とか『心的現象論序説』、あるいは親鸞、実朝について書いたものとは全然違って、言ってみれば、彼自身が現代詩の作り手であり、取り上げる僕達もそうであり、又、読者も現代詩に関心を持つ人なのであって、現場が非常にホットなわけです。ですから、ある意味ではとらえにくいと言うことが一つある。実際に自分の位置を確認してながめて行くのが難しいということです…。それから、詩を理論としてとらえる場合と書き手として詩をとらえる場合とは違うということがありますね。そういう一種の混沌としたものが彼のこの『戦後詩史論』のなかにもあるわけです。

しかし、彼が昭和二九年に書いた「日本の現代詩史論をどうかくか」（「新日本文学」昭和二九年三月号、『吉本隆明全著作集』5）の時から、こういう本が書かれるということは予告されていた

と僕は思うんです。ただ、単に直線的にここに来るのではなく、他の重要なテーマと取組んでさんざんに思想的な格闘をしたあとで出てきたこと、その間の仕事でつかんだこともここに出ていますが、しかも、かなり長期にわたるそのあいだずっと現場の詩をつかまえようという意識を持ち続け、どんな著作に没頭していても、自分の詩を書きつづけてきたということですね。

「日本の現代詩史論をどうかくか」は、当時としては斬新で、把握の仕方がたいへんシステマティックなものであり、詩壇を遠く隔てて外から来た人という感じで、詩壇内部では反発を招くような所があった。現代詩を「抒情詩型」「意識詩型」「民俗詩型」に分けたり、また、世代を第一期〜第三期に分類し、それぞれを定義づけるというやり方でね。ところが、この本では、少しニュアンスが変わってきて、トライアングルでとらえていたのがレクタングル（矩形）になっている。まず、戦前の詩を、プロレタリア派とモダニズム派の左右に分け、両派を折衷しようとした詩人として、上辺に北川冬彦、中野重治、金子光晴、安西冬衛らを想定し、さらに、どちらにも分類されない一種の生活派、彼は「不定職インテリゲンチャ」と呼んでいますが、たとえば、小熊秀雄、山之口貘、岡崎清一郎、草野心平、尾形亀之助、淵上毛銭などを下辺に持ってくるという形ですね。戦後詩についても、「戦後的」というアクセントはつけつつも、大体はこのレクタングルのヴァリエーションとして捉えようとしています。ただ、概括者というか、概念化する作業としては共通したものを感じますけどね。

北村　「四季」派はどうなのかな。

鮎川　ええ、そこで大事なのが「四季」派なんです。

北村　そうですね。

鮎川　「四季」派は一応レクタングルの圏外なんです。レクタングルの諸派が、それぞれの空間の一部を占拠していたのに対し、「四季」派は時間を占めようとしたということですね。吉本流に言えば…。「四季」派を「自然」詩人と規定した上で、彼はこう書いています。〈かれらはじつに中世の詩人たちと同じように、詩的想像の世界を「自然」と自己の内的世界とのかかわりあいにおいた。これは、高度に機能化された現代社会では、逃避を意味しただろうか。たしかに意味したのである。しかしこれらの詩人たちは、主として自然物と対話することによって日本の社会の伝統的な感性を、意識化することに成功した〉（第一部「戦後詩史論」1）彼らは、存在理由を社会的な空間性から、歴史的な時間性のほうへ移したんです。空間性など、どんなに幅広く占拠しても、詩にとって大したことではないと見抜いていたんです。そこに「四季」派の優越性があったということですね。

北村　そういうことで言えば吉本君は、伝統の力というものを率直に認めるんですね。僕ら渦中にいた身としては、面白くも可笑しくもないんだけど、やはり自分が自然というものに関心

をもった詩を書くと、やっぱり俺にも「四季」派ってのがあるのかとも思ったりする。そういう所を彼は非常によく見るんですね。僕はこの本全体の印象として、実に細かく読む人で、批評家としては大した人だという気がまずしました。それから、彼にしても僕たち以上に好き嫌いがあると思うんです。それが、もちろん出ることは出るにしても、非常に抑えて書かれている。やはり批評家として非常に冷静な人ですね。かなり、こらえている面があると思う。

『戦後詩史論』という「史論」を書くんだから「史眼」がよほどしっかりしてなければ書けないんですね。そういう点でも僕なんか感心しっぱなしで、批判めいた考えも起らないんですが。

鮎川　彼の他の仕事でもそうですが、彼の概括者（ランパー）としての力量は抜群です。しかし詩を書く人間は、むしろそういう概括を嫌うわけで、そういう方面からする反発はいろいろあるでしょう。ただ、読みの丁寧さに、自分も表現者であるという自覚のうえに立っての読み込みが入ってくると、今度は分括者（スプリッター）としての能力が出てくる。僕は現代詩の状況に対するのにはランパーの能力だけではだめで、鋭いスプリッターの感覚こそ必須だと思うんですが、この本でも、平出隆、荒川洋治、石毛拓郎、山本博道など、若い人の作品までよく読み込んでいる。一応、風俗としてとらえて否定的に書いている面が多いけど、本当はそうではなくかなり共感を持っているか

らこそそういうアプローチができるんじゃないかと思うんです。

北村　彼は風俗ということと古典というものを結びつけているでしょう。古典の意味を相当程度認めていなければ、風俗にも行きつかないわけで、僕は彼のロジックの中で風俗と古典が結びつくとは思っていなかったもので、びっくりしたんですが……。第三部ですね。

『古今集』あたりから、すでに修辞的なものの規範となるようなものの土壌ができて、のちにそれが古典とみられるようになるけれども、そもそも『古今集』のそういう規範というものも、風俗から離れたものではない、そういう前提があって、現在を論じるわけですが、今の彼の風俗観とは、単に古典が永続的であり風俗が一時的なものであるというのとは違うんですね。

鮎川　古典だってその時代には風俗的なものだったということですね。『初期歌謡論』その他で『新古今』に見たものをいまの「修辞的な現在」に見てるという所がありますね。

北村　それとびっくりしたのは、荒川洋治の詩は西川満の影響があるということを、吉本君が断言に近い調子で言ってることですね。西川満なんて今知る人もいないだろうと思うんですが、たしか台湾にいた詩人ですよね。僕は人にはあんまり言わなかったんだけど、結構好きだったんですよ。ですから、吉本君は本当によく読んでるなあと思って、びっくりしてしまいました。

鮎川　そういえば似てる所がありますね。

北村　比較して読むと、影響を受けたとしか思えないような説得力がありますね。この本に対抗して、他の人が吉本戦後詩史論と違った史論を出すのは大変でしょうね。

鮎川　そりゃそうですね。吉本にしても、この本は一番書きにくかったと思いますね。

さっき「四季」派の話が出ましたが、彼は本当は「四季」派が好きなんですよ。

北村　僕もそう思いました。彼は立原道造が好きだし、彼のいまの詩でも、立原的だなあと思うことがあるくらいです。それだからと言って彼の「史眼」が狂ってるということはないんですが。

鮎川　ええ、レクタングルの四派が空間の一部を占めるだけだったのに対し、歴史的時間を「四季」派が占めたということは、それ故に「四季」派に自己絶対化のドグマが当然生じるわけです。だから戦争期のナショナリズムに一番便乗しやすかったということもあるんですね。そのことも、彼はちゃんと書いているんです。〈これらの詩人たちにとって、「自然」は、恒久的に奉職しうる強固な株式会社であり、そこで生活意識は虚像の形をとって強靭さを保証された。〉（第一部「戦後詩史論」1）などと痛烈なことを言っていますね。（笑）

＊

鮎川　第一部の最後に鈴木喜緑をとりあげていますね。吉本は彼に最も期待をかけて、ここでの論を結ぶわけですが、これはたいへん象徴的です。鈴木は生活的な理由で詩をやめてしまったけど、このことは戦後詩の一つの挫折感として、吉本の意識のどこかにひっかかっているはずです。また、そのちょっと前に中江俊夫があがっています。このあたりは、さっき言った戦前の詩のレクタングルをヴァリエーション化してなしくずしにしていきながら戦後詩を語ってきた最後の箇所ですが、ここに来て初めて次のように言っています。〈これらの若い世代の詩人たちの決定的な悲劇は、まだ連関のなかで自己を把握するまえに、表現としての自己把握を完成させてしまったところにある。〉（第一部「戦後詩史論」6）僕はこれがまさに、「修辞的な現在」につながってゆく契機だったと思う。自分がまだよくわかっていないうちに、表現が先行して、「修辞的な現在」につながっていってしまったという。

北村　すでに十数年前にね。

鮎川　ええ。ですからこの第一部が中江俊夫で終わっている所から、じつは、「修辞的な現在」（第三部）に接続していくと僕は見ているわけです。すこし大雑把ですが……、そして、ここに到ると、吉本は、ランパーであることよりもスプリッターとしての本領を発揮してくるんですね。

北村　それでいてランパーの姿勢を崩していないという辛さがあるな。「修辞的な現在」という題自身が、吉本君の普通の印象からすればこんな題をつけないんじゃないかと僕なんか思ったりするんですが……。

鮎川　これは『初期歌謡論』あたりからの成果ですね。『新古今』あたりになれば、もうまさに「修辞的な現在」なんで、その意味では、もうすでに古典を素材にして修練を積んでいるわけです。

北村　僕なんかから見ると、『新古今』なんかでも修辞というものを概念的にしかとりだせないような気がするんですが、彼は、それを社会現象などからみてやる人だから、こういうものができるんですね。

鮎川　導入部で清岡卓行の詩がとりあげられていますね。〈詩人と詩人とを区別する差異は言葉であり、修辞的なこだわりである。〉（第三部「修辞的な現在」1、傍点原著者）とあって、吉岡実、それから吉増剛造、鈴木志郎康、天沢退二郎など現在の詩人を次々に見ていってるんですが、その前提に、あのレクタングルの図式さえも現在の状況を説明するには不十分だということがあるんですね。またそうなった理由として、思想が人を変える力を皆が信じなくなっているという状況が背景にあるんです。

北村　それは、彼自身がそう考えているのかな。

鮎川　それはどうか。現象としてそうなんであって、彼も批判的にしか言及していない。端的な例を言えば、谷川雁の「東京へ行くな」という詩が当初持っていた新鮮さ、東京はダメで地方の村をよしとした、それがかりそめにも信じられた時期が過ぎ去って今やとうてい通じなくなっている。革命ということにしてもそうですね。

北村　彼は現在の詩の状況について次のように書いていますね。〈現在、詩は様式的にある飽和点にしゃにむに駈せのぼり、変質し横溢しようとしている時期におもわれる。奇想天外な詩形式が変質のなかに胎生しつつあるというのではない。そんなことがありうるものでもない。けれど詩が言葉の内的な宇宙に拒否的な意味様式をもとめようとしながら同時に感性的な喪失を体現しつつあることはたしかだ。〉（第三部「修辞的な現在」6）これはたしかにそうだと思いますが、はじめに清岡さんの詩から入って「修辞的な現在」を論じ、若い人の作品をみていってこのような結論を確かめるということですね。僕なんか、吉本君ほど長い史眼はないけれど、現在の若い人の詩を見ると、言葉遊びとか言葉に凝るとかいうことを何でこんなにやらなくちゃいけないのかなと思う現象はたしかにあるわけですね。

（日本読書新聞　抄・一九七八年九月二十三日号）

（この書評集は、小川哲生、高橋忠義両氏の協力をえて作成した。）

戦後詩史論

1

現代詩人のうち、とくにわたしの関心をひく、一群の詩人たちがいる。かならずしも、かれらが永年つみかさねた詩作品の量や質によってでもなく詩的な嗜好が、合致するからでもなく文字どおり、詩人そのものに関心をよせる人々である。もちろん詩作品の内実によらず詩人の実体によって、関心の多寡をきめるのは邪道であるにはちがいない。けれど私見では、昭和初年から展開された日本の現代詩と、詩人たちの仕事は、作品の内容や質によってよりも、詩人である実体によってしかおし測れない問題を含んでいる。現代日本詩人全集（創元社）のなかで、はからずも中野重治が、おなじことを（？）扉のところにかいている。「今にたくさんの秀才が、これらすべてを理論づけようとして、必ず必ず苦しむだろう」。中野重治が「これら」ということで何を指そうとしたかは知らないし、わたしはもちろん秀才ではない。しかし現代詩を理論づけようとして苦しむのは、けっしてこの詩人の詩はロマンチックであるとか、この詩人の詩は、シュルレアリスチックであるとか、この詩人はレアリストであるとか、この詩人の詩は、メタフィジカルであるとかいうことではない。このことだけでは、中野のいうことはたしかである。またこの詩人は保守的だとか、進歩的だとかいうことも大したことでない。その種の評価ならば「たくさんの秀才」の仕事が既にあるし、わたし自身も以前にすこしかいたことがある。「必ず必ず苦しむ」のはじつは、そういうところにはなく、詩としての理論づけが困難なところにあるのだ。そしておそらく、日本現代詩の特長は、そこから発生しているとしかおもいようがない源流が、その曖昧で混沌とした、詩として理論づけが困難なところにあるというところにある。

わたしが関心をひく一群の詩人たち、とはその困難さを背負っているような詩人を指している。たとえば、小熊秀雄であり、岡崎清一郎であり、山之口貘であり、草野心平であり、尾形亀之助であり、逸見猶吉であり、淵上毛銭であり、その他、無名のプロレタリア詩人たちである。そしてふたたび断っておくが、これらの詩人たちの詩作品自体に対してではなく、詩作品の背後に散見するものから、わたしが感受するものに関心をひかれるのである。

羈旅

日は西山に入り果てて
心細くも旅先思ふ
金銀は湧物なれや
やよや子よ
白々と月の明け離るるまで
茨の峠急ぎけり

旅人

汝カンシャクもちの旅人よ
汝の糞は流れて　ヒベルニアの海
北海　アトランチス　地中海を汚した
汝は汝の村へ帰れ
郷里の崖を祝福せよ
その裸の土は汝の夜明だ
あけびの実は汝の霊魂の如く
夏中ぶらさがつている

前者は岡崎清一郎の詩集『肉体輝燿』から、後者は西脇順三郎の詩集『Ambarvalia』からの引用である。いずれもべつに両詩人の代表作でも何でもない。岡崎の作品は、頭脳的ではなく、「胸」のあたりでかかれている。西脇の作品は、構成的で「頭」でかかれている。ここで抒情派だとかシュルレアリストだとかいう区分をまったく信用しないことにしよう。すると岡崎の作品のなかでも「金銀は湧物なれや」という詩句は、きわめて頭脳的なものであるし、西脇の作品でも「郷里の崖」とか、「夜明だ」とか「あけびの実」だとかいうコトバで喚起されているのは、知的世界ではなく、原体験的な何かであることを理解するのである。わたしにいわせれば現代詩人たちは、主知的であれ、人生抒情的であれ、それほど異質のものを示してはいない。岡崎の「羇旅」でいえば「金銀は湧物なれや」という表現は、どこから生れたのか。西脇の「旅人」でいえば「あけびの実は汝の霊魂の如く」という表現はどこからでてきたか。文芸論的にいえば、これらの表現の問題は「象徴」語の問題である。したがって直喩、比喩、暗喩の問題である。しかしここで問題にしたいのは、これらの表現が「象徴」語であるために喚起されるあいまいさでもなければ、多義性でもない。そのような地点で詩を評価することはさしあたってわたしの関心にない。「金銀は湧物なれや」というような表現が岡崎の人生抒情のなかにでてきたり、「あけびの実は汝の霊魂の如く」というような表現が、西脇の主知的な作品のなかにでてきたりするのは、これらの現代詩人たちが自意識の及ばないところで、内的な「多義性」をもっているせいのようにおもえてくる。この「多義性」は論理的にいえば、これらの詩人が社会的な関係のなかで、曖昧さを空白として意識のなかにかくしているところからきていよう。しかしこの「多義性」は盲点としてばかりでなく、現代詩と詩人の特長として解釈することが必要なのだ。いくらか実証的な仮面をかりてわたしの関心をひく現代詩人をまず俎上にのせてみる。

	職業歴	遍歴
小熊秀雄	漁師手伝い、養鶏場番人、炭焼、農夫、行商人、職工、記者	樺太、北海道、秋田、東京
岡崎清一郎	織物デザイン、会社員、貸本屋	東京、京都、足利
山之口貘	行商、荷役、人夫、汲取屋、官吏	沖縄、東京

草野心平　不定職　　　　　　　　　　　　福島、中国（旧支那）、東京
尾形亀之助　官吏、無職　　　　　　　　　仙台、東京
逸見猶吉　酒場経営、編集、会社員　　　　東京、中国（旧支那）
淵上毛銭　下足番、人夫　　　　　　　　　東京、熊本

ここにあげた職業歴や遍歴などは、通りいっぺんのものですこしも実証的なものではないが、それは問わないことにする。現代詩人のうち、詩人としてわたしがとくに、関心をもつ幾人かは不定職業のその日ぐらしをやり、その過程で、各地をほっつきあるいた詩人たちらしいことを了解できれば足りる。これらの詩人がもともと、性格的なアウトサイダーで、社会的な関係や、社会秩序のなかで恒定的な職にありついて生活をすることをいさぎよしとしなかったか、またできなかったかもここでは問題ではない。客観的にいって、昭和初期の日本の社会が多量にうみだした不定職インテリゲンチャの群のなかに、これらの詩人たちを埋めても大過はないであろう。それならば、昭和の日本の社会がうみだした、下層庶民社会にその日ぐらしの不定職を求めるインテリゲンチャ群は、社会にたいし何をもたらし、どこへいったのだろうか。それを厳重にさぐることはきわめて難しいが、すくなくともそのインテリゲンチャ群は、わずかな露出岩の一つとして現代詩の歴史のなかに登場し、生活遍歴と想像力のからみあった無類の曖昧性と多義性とをもたらしたのである。これはおそらく戦後の日本の社会では不可能である。たとえば職業と遍歴において、これらの詩人と匹敵するだけの戦後詩人があったとしても、これらの現代詩人たちがもたらした、混沌と曖昧さと多義性を詩的想像力として啓示す

ることは不可能である。なぜならば日本の社会が、多量の社会的アウトサイダーをうみだすことは、戦後の社会でも同様であるとしても、これらのアウトサイダーが、不定の生活意識をもって生活することは、高度に制度的に組織された戦後社会では、不可能だからである。
たとえば、小熊秀雄と淵上毛銭のあいだ、山之口貘と逸見猶吉のあいだ、草野心平と岡崎清一郎のあいだでは、その生活遍歴と想像力とのからみあった多義性や、混沌性は質が異っている。いいかえれば昭和の日本の社会から疎外されたものの自己表現は、その質においてたくさんの傾向をはらんでいる。

あゝ祖父(ぢい)よ

燃えてゐる　燃えてゐる
燃えてゐるとも

一根一切れ　梅干一つちよで

いふな　いふな
泥ば食うても

いふな　いふな
泣くな祖父(ぢい)
俺と麦にこえばやろ
麦に。

（淵上毛銭「百姓もまた」）

ここに寄り集つた諸氏よ
先ほどから諸氏の位置に就て考へてゐるうちに
考へてゐる僕の姿に僕は気がついたのであります
僕ですか？
これはまことに自惚(うぬぼ)れるやうですが
びんぼうなのであります。

（山之口貘「自己紹介」）

引例によるならば、淵上ではその詩のもっている多義性とあいまい性は、日本の農村土着意識の表現となってあらわれているが、山之口では不定職インテリゲンチャである自己の、社会から疎外された姿を、ひとつの社会倫理のない空洞として客体化することによって、ユーモアととぼけた意識の表現となっている。すでに淵上と山之口が、社会から疎外された不定職インテリゲンチャとしての自己を意味づける方法は、これだけちがっている。これをさらに無名のプロレタリア詩人にまで拡大してみれば、複雑多様さは想像をこえることはうたがいない。しかし、根本のところで、この複雑多様さを類型づけているのは、昭和初年の日本の社会が、多量にうみだした、下層庶民社会にその日ぐらしを強いられた不定職インテリゲンチャが、自分が社会から疎外された意味を、どう考えてゆくかという態度によって決定されている。この疎外の意味を、社会意識上の政治問題に転化した詩人は、プロレタリアの詩の系譜へとおもむき、自意識上の問題にからめて詩的想像の世界をつくりあげたものは、淵上毛銭のような農本ナショナリズムの方向にむかわざるをえないのだ。逸見猶吉にしろ、草野心平にしろ、菊岡久利にしろ、小熊秀雄にしろ、その所属詩派や交友や閲歴によって、これは左派、これは右派であると規定できないのであって、ある時期の履歴がしめす事実のとおり、昭和の日本の社会が、疎外者としてうみだした不定職インテリゲンチャとして、共通意識と共通基盤をもつものであった。そしてこの共通意識と基盤を、詩的想像力とあわせることによって、戦後詩と截然と区別される多義性とあいまい性と混沌性を現代詩の世界にもたらしたのである。

これら一群の詩人たちを目して、たんに人生派だとか生活意識と詩の表現を混合していると評価することはあたっていない。またすこしも現代詩の実体に言及したことにならない。これらの詩人たちが、無意識のうちに、また、うめきごえやとぼけた貌で表現した不定職インテリゲンチャとしての自己の生活の意味づけのなかに、現代詩を近代詩とも、戦後詩ともちがったものにしている源泉があるとみなければならない。

詩史的な常識からすれば、現代詩の特徴は、プロレタリア詩の発生とモダニスム詩の興隆によってうらづけられている。しかし、いままでのべてきたとおり、こういう常識は、その根柢に、昭和の初頭から日本の社会がうみだした多量の社会的疎外者群があったことを考慮にいれなければ、無意味である。そしてこの疎外者群のうち、詩的な才能をもつものはそれを自己表現によって意味づけたのだが、その背後には多量の無表現者である不定職インテリゲンチャが潜在していたのである。

おそらくこの一群の詩人たちが、どのように詩的想像の世界を拡大しても、そのままではけっしてモダニスム派とよばれている一群の詩人たちの詩作品と交叉することはできない。なぜならば、一方は、社会が高度化の過程でうみだした疎外者群であったのにたいし、一方はおそらく社会の高度化がもたらした社会機構の内側の構成員だったからである。

	職業歴	遍歴
西脇順三郎	教授	東京・英国
北園克衛	編集文化業務	東京
村野四郎	会社員	東京
春山行夫	編集者	名古屋・東京
竹中　郁	新聞社編集	神戸・ヨーロッパ

誤解をさけるためにいっておかなければならないが、これらモダニスム派の詩人たちが、恒産または定職をもって社会の高度化したメカニスムの恩恵を浴することができた結果、詩的想像の世界を、生活的な抵抗感とからみあわせることなく、表現として再構成する主知的な道をえらんだのだ、といおうとするものではない。それはひとつの要因としてあったかもしれないが、そのことよりもこれらの詩人たちは、高度化した社会のメカニスムを、主として生活様式または社会様式の変化として感受したところに、その特徴があったとかんがえる。この地点から詩的想像の世界を、詩的様式の世界の探求として構成していったのが、おそらく共通した特色であった。しかし詩的想像の世界は、詩の様式をどのように追及してもそれによってはけっして本質を変えないものである。

これらモダニスム派の詩人たちの特長は、じつは恒定生活者としての自己の都市インテリゲンチャ的な世界を、詩のなかに露骨に提出しようとしない主知意識のなかにあったのではなく、いかに逆説的にきこえようとも、想像力の世界を自己の恒定生活者的な世界に限定し、そこから踏み出そうとしないところに表われたのである。詩的想像の世界を、自己の生活意識圏からはみ出させようとしなかったことは、日本のモダニスムの著しい特色であった。この点に関してはモダニストの想像力は、やむをえずもがきながら自己の生活圏から脱出しようとして翼をもたねばならなかった不定職インテリゲンチャの詩人たちよりも貧弱であった。

魔術する貴婦人の魔術する銀色の少年
魔術する貴婦人の魔術する銀色の少年

赤い鏡に映る
赤い鏡に映る
白い手と眉と花
私
空間

（北園克衛「記号説」）

いつもぼくの発砲を惑(まご)つかせ
焦ら立つぼくの警戒網を脱れさせてしまう
あゝ、あの軍艦(ふね)に解装させる休戦布告を
御夫人(おくさん)！
いつまでぼくは俟てばいゝのです！

（村野四郎「迷装(カモフラージ)」）

ここにある北園克衛と村野四郎とは、おなじモダニストでもちょうど山之口貘と逸見猶吉ほどにちがっている。しかし「貴婦人」だとか「御夫人」だとかいうコトバが、ちょうどよい象徴になっているが、自己の生活意識圏を安置したまま事件にぶつかろうとするその想像力の世界は、両者に共通している。詩的な想像の世界が、無抵抗のまま自分の出身圏に固定されていることは、ほんとうは意味をなさないだろう。もちろんこういう解釈は、現在から昭和初年の詩作品をみてはじめていいうるの

で、モダニストたちはいずれもその当時自分たちがもたらした詩的様式の革命を信じていた。ただその様式的な変革が、自己の土壌をつきくずしてひろがるものではなく、自己の土壌をそのまま安置して表現様式を模索したにすぎなかったため、現在からみれば、様式の新奇性はのこらずに、都市生活者の恒定化された情緒しか感受されないのである。おそらくモダニストたちのうち、西脇順三郎の残した業績は、もっとも優れたものであった。現在の観点からも強固な様式上の模索のあとをたどることができる。それは西脇だけが、これらのモダニストたちのうち、とびぬけて強固な教養をもっていたことによっている。「旅人」の表現をつかえば、西脇の「糞」だけが流れて北海、アトランチス、地中海を汚すことができたのである。

残念なことに現代詩は、たとえば西脇順三郎の「糞」と小熊秀雄の「移民通信」を、併せもった詩人をもたなかった。したがって、現代詩はモダニスム派とプロレタリア派とによって特徴づけられるかもしれないが、この両極が相遭うことはなかったのである。しかしこの二つの接合を課題として自分に課したらしい幾人かの詩人を見出すことはできる。いいかえれば、自己の社会的土壌とインテリゲンチャ意識とを止揚しようとこころみた詩人はあった。たとえば中野重治であり、北川冬彦であり、金子光晴である。

わたしたちは中野重治を、「雨の降る品川駅」の作者として、優れたプロレタリア派の詩人としてしっている。しかし「あかるい娘ら」

わたしの心はかなしいのに

ひろい運動場には白い線がひかれ
あかるい娘たちがとびはねてゐる
わたしの心はかなしいのに
娘たちはみなふつくらと肥えてゐて
手足の色は
白くあるひはあはあはしい栗色（くりいろ）をしてゐる
そのきやしやな踵（かかと）なぞは
ちやうど鹿のやうだ

のような、貧困農村インテリゲンチャが、都市ブルジョワ娘の解放的な健全さにたいして感じているインフェリオリティのようなものを、徹底して意識化していった過程を中野重治にみなければ、中野重治の詩人的な意味は半減される。出生の土壌は宿命でもなければ、離脱すべき環境でもない。それは詩的想像力が、くりかえしそこにつきあてられては跳躍すべきテスト・プレートであり、ホーム・グラウンドである。中野の詩のなかにわたしたちは、あたうかぎり明晰になされたそのような想像力の習練の過程をみる。しかしながらこの詩人のなかにも、詩的想像の制約はあらわれないわけにはいかなかった。その詩的想像の世界が生活意識圏を離れてとびあがろうとするとき、何かがそれを引きもどしてしまう。その何かは現代詩の成熟段階の全体が負わねばならないかもしれないし、強いていえば、日本の社会の昭和初年の成熟段階が負わねばならないかもしれない。あるいはここに出生インフェリオリティを完全に意識化できなかった中野重治の弱点をみるべきかもしれない。

北川冬彦は、安西冬衛とともに新散文詩運動の驍将である。そしてこの二人の秀れた詩人は、詩的想像の世界でリアリスムと反リアリスムとを結合しようと試みたまれな現代詩人である。北川や安西の詩は、たとえ知的な遊びにすぎない詩のなかにも北園や春山などにある安楽感がない。おそらくこの詩人たちは、生活者としても可成り強靭なリアリストであり、詩的想像力の骨格も強固である。しかしその現実を截断する視覚は表層をシネ・ドラマのように移動するだけで、現実の構造自体にははいっていかないようにおもわれる。現実の構造自体にはいっていくとき詩的な想像の世界は、詩人の内的な構造を表示するはずなのだが、この詩人たちの想像力のリアリティがあまりに強固であるためか、かれらの現実意識にとってかえって皮膜のような作用を及ぼしている。

現代におけるヨーロッパ前衛詩の影響というものを、わたしは現代詩人が自身で信じているほどにも、またおおくの反訳がおこなわれ、解説が行われているほどにも信じてはいない。西脇順三郎の詩にしても、北園克衛の詩にしても、村野四郎の詩にしても、その詩法や語法にあらわれたヨーロッパ詩の影響などは、ほとんど影響とはいえない表面的なものにすぎないようにおもわれる。もし現代詩人のうち、本格的な意味で西欧近代詩の影響をうけた詩人をかぞえるとすれば、詩集『こがね虫』をもって出発した金子光晴だけであろう。金子の西欧詩の影響は、詩集『鮫』にきておわっている。ここから独自の表現がはじまる。金子の詩の全部に貫通している饒舌は、現実や生活にたいする好奇心とか追求心とか関心とかのあらわれではなく、かえってニヒリズムの象徴である。現実にたいする投げやりな意識と、生活者としての投げやりな遍歴とが、たとえば『鮫』にはじまる独自な詩業を一貫している饒舌な表現の秘密である。いわばどうでもいいとおもっている対象を、詳細にトリヴィアルに表現している忍耐力のようなものが、金子の詩の特徴をなしている。だから社会が極度の危機においつめられた戦争期に、かれだけが現代詩人のなかで、そのトリヴィアリスムを削りおとされる機会に遭遇して、コンパクトな優れた詩をもって戦争を通過することができた。詩集『落下傘』は金子のもっともすぐれた詩業であり、同時におなじ時期の現代詩のうち、もっとも優れた詩業でありえたのは、おそらくそのためである。かれはこの時期にはじめて、西欧近代主義の骨髄を自身の実生活の意識と結びつける契機をつかんだのである。

中野重治、金子光晴、北川冬彦、安西冬衛などは、現代詩人としてはもっとも興味ぶかい試みを示した詩人たちであった。しかし日本の社会は、なおこれらの詩人たちに牧歌的なあいまい性をゆるし、その強固な詩的想像の世界に、多義性と混沌性をのこす余地をあたえた。これらの詩人たちもまた、自身のなかに、社会にむかって投げても通用しないが、自身の内部では充分に熟知された化物のような観念を、無意識のうちにまたは意識してもっていたのである。これが詩的想像の世界で明晰に明るみにだされるには、戦後詩までまたなければならないのである。

最後に、三好達治・丸山薫・田中冬二・立原道造・伊東静雄・津村信夫など「四季」派の抒情詩人たちの業績にふれなければならない。これらの詩人たちは、いったい何ものであるか。もしここで職業歴や遍歴や学歴をもとにして素性をさぐってゆけば、いままであげてきた詩人たちと、さしてかわらないところに落着くにちがいない。いずれもオーソドックスなインテリゲンチャであり、職歴も、教師とか編集者とかいう文化的な業務によった生活者である。また都市と地方との遍歴者である。

これらの詩人たちを、他の現代詩人たちと截然と区別するケンツァイヒェンがあるとすれば、実にこれらの「四季」派の詩人たちが「自然」詩人であった点にもとめられる。近代的生活様式や社会様式が、詩的想像の構成を決定するというモダニストの見解からも、生活意識が一つ内的世界として守られるためには、まず物質的基礎の問題をめぐって精神上の格闘を強いられねばならなかったその日暮しの、不定職インテリゲンチャの生活実体とも、これらの詩人たちは遠くへだたっている。このことはこれらの詩人たちが、生活者としてその日暮しを強いられたか、あるいは社会の高度化したメカニスムのなかに恒定した強靭な生活者であったかどうかということは関わりない。かれらはじつに中世の詩人たちとおなじように、詩的想像の世界を「自然」と自己の内的世界とのかかわりあいにおいた。これは、高度に機能化された現代社会では、逃避を意味しただろうか、たしかに逃避を意味したのである。しかしこれらの詩人たちは、主として自然物と対話することによって日本の社会の伝統的な感性を、意識化することに成功した。「四季」派の詩人たちの詩は、当時も現在ももっとも多数の詩の愛好者にむかえられてきている。これは高度化した現実社会から逃避したときの詩的大衆の感性に共感をもたらすからではなくて、大衆が、高度化した生活様式と生活意識のために、潜在化された形を強いられることになった優性遺伝的な感覚に共鳴するからである。

現在でもわたしたちの詩的想像の世界のなかで、おそらくもっとも強固なものは自然にたいする感性的な秩序であり、これは、中世詩人が「花鳥風月」詠として詩的想像の世界に意識化したときから潜在的に持続されている。高度に機械化された産業が立ち並び、高度に機能化されたビルディングのなかの生活が普遍的な様式となった後においても、なおその生活環境を自然物のように自己意識の延長として許容するような感性が根絶されない限り、このような自然意識はのこるものとかんがえられる。わたしの臆測では「四季」派の詩人たちは、近代的社会生活者としてはいずれも強靭な生活者であったにちがいない。かれらは社会からの逃亡意識からではなく、詩的想像の世界をもっとも強固な基盤のうえにたてようと模索したとき、はじめて「自然物」との対話を思いついたのではないかとかんがえる。強靭な生活者が、その強靭さを詩的想像の世界にもつくりあげようとしたとき、「四季」派の抒情の世界はうまれたのである。これらの詩人たちにとって、「自然」は、恒久的に奉職しうる強固な株式会社であり、そこで生活意識は虚像の形をとって強靭さを保証された。このようにして中世詩人たちがはじめて意識化した詩の世界は、昭和初年の社会で幾度目かの蘇生をとげたといってよい。

このことは「四季」派の詩人たちに、「自然」物を媒介とする歴史意識をおしえた。歴史意識は、現代詩にとって対決もされず、抹殺もされず、無関心にすごされた問題であったが、「四季」派の詩人たちは「自然」をとおして逆行することにより歴史的感性の問題につきあたった。リルケもヘルダーリンもボードレールも、これらの詩人たちによって一個の風物と化して、はじめてうけいれられた。抽象化や即物化や人間悪の純化のはてに描かれたヨーロッパ詩の世界は、一本一草のように詩的想像にはめこまれる。「四季」派の詩人たちが、人間と人間との葛藤を人間と社会との葛藤の詩のなかに導きえなかったのは、かれらが善良なセンチメンタリストだからではなく、その詩的想像の世界を強固にするために人間臭を導入しないことが必要だったからである。「四季」派の抒情詩の世界は、いくぶんかは私小説の世界に似ているし、紀行文の世界にも似ているし、青年前期で発育をとめてしまった虚弱児の世界にも似ている。しかしもっとも重要なのは、かれらが「自然」に対峙する自己の内的な世界に、古代人や中世人のおなじ状態を眼のあたりに感受し、それゆえに恒久的な感性の姿勢でありうるとかんがえた点にあった。

春の岬旅のをはりの鷗どり浮きつつ遠くなりにけるかも

（三好達治「春の岬」）

なぜ「旅のをはり」でなければならないのか。作者がか。鷗どりがか。ようするにどちらでもかまわないのだ。この表現によって、作者の意識が過去の方を向いていることが、たとえ無意識であっても示しうればよかったのである。

現代詩の特徴をあげるとなれば、いやおうなしにモダニスム詩とプロレタリア詩とをあげなければならない。しかしどれが重要であるかをあげるとすれば、おそらく、社会から疎外された不定職インテリゲンチャの詩にとくに著しい多義性と混沌性とともに、「四季」派が掘りかえし再編した庶民大衆の伝統的自然概念をあげなければならないとおもう。わたしは、この二つは現代詩のウル・グルントとして二律背反の関係にあるとかんがえる。円環をえがいて合流する関係にあるともかんがえる。

現代詩は、そこに一人の人間の内部世界を、社会総体の関係のなかで満足に描ききった詩人を見出すことは困難であるが、現実を精緻になぞったり、生活実体を無類の迫真力で啓示したり、自然を及びがたい感覚的な断面によって再構成した優れた詩人を見出すことは困難ではない。

2

満州事変（昭和六年）をひとつの転機とし、ついで日華事変（昭和十二年）をつぎの転機とし、さらに太平洋戦争（昭和十六年）をひとつの転機として、現代詩人たちの運命はここでとりあげている実生活の意識としてだけ問題にするとして、ぐんぐん変っていった。もちろん変ってゆくことを求めたものたちが戦争を起したからである。

かんがえられる社会的な変動は、戦争につれて不定職インテリゲンチャ群が、ぐんぐんと日本の社会から消滅していったことである。したがって、不定職インテリゲンチャ群のひとつの露出したピークとしてあった現代詩人たちの底辺は、消滅せざるをえなかった。これはせちがらく厳しい社会がはじまったことでもあるし、同時に職もなく社会からおちこぼれる境涯から脱してゆく機会の出現でもあった。かれらのあるものは、職をえて大陸へでかけて文化宣伝に従事し、あるものは南方へでかけて軍報道の一翼をになった。また、あるものは戦争による生産拡大につれて定職をえ、それにつれて社会にたいする不定意識をいつか消失し、いわば日常社会人に転換した。かつてのルンペン的反抗や無類的彷徨のかわりに日常の生活がおとずれた。しかしかれらが、ほんとうに日常生活人となりえたのかどうかはうたがわしい。かれらの社会にたいする不定の意識は、このとき生活意識の倫理化にむかうよりも、風雲をのぞんで戦争へ戦争へとながれていったのである。わたしたちの社会的な習俗や強い共同体の眼に視えないしめつけの厳しい風土では、戦争の制度からのしめつけと実生活の意識からの安堵に拮抗できる詩才は稀である。いくぶんか天才を蔵していた宮沢賢治や中原中也や立原道造などの現代詩人が、ただこれらの事変や戦争の匂いを嗅いだだけで夭折したのには、得もいわれぬ天の配ざいがあったかもしれなかった。

現代詩の底辺をささえた詩人のうち、戦争を自分から積極的に謳歌し、そこにかつての社会反抗者的な意識のはけ口をもとめなかった詩人は絶無といってよい。あたかも日本の社会の底辺を構成している大衆が戦争へなだれ込んでいったように、かれらはそこへ向ったのである。かれらは戦争の詩を、あたかも大衆の意識を代表するような足場でかいた。しかしかれらは依然として半インテリゲンチャである資格によって、大衆のようには生活意識の総体を戦争へ提供しなかった。現代詩人たちの戦争詩をよんで、戦意を昂揚された大衆などはおそらくひとりもいなかった。それらは詩としてきわめて貧弱であり、現代詩人たちが、庶民大衆とすこしも別のことを考えているわけではないことを、自分で証明する手形としての意味しかもちえなかったのである。

現代詩の底辺を構成した不定職インテリゲンチャ群は、戦争によって社会にたいする不定の意識を消失させられ、一個の庶民にまでその生活感覚を還元させられた。その余剰は戦争の風雲をのぞむことによって充たされたのである。

このような事情は、当然モダニスム系の現代詩人たちをも支配している。かれらもまた、ことごとく戦争の詩をまったく一個の庶民たるの資格でかいたのだが、かれらの内部で庶民にまで還元しえない意識は、おそらく個人的な生活意識を整備するためにつかわれたのである。だからモダニストたちは本質的には戦争傍観者であり、エゴイスチックな個人生活者としての基盤のうえにたって戦争詩をかいた点が、不定職インテリゲンチャ群とちがっていた。

このようにかんがえてくると、戦争をメタフィジカルに合理化し、庶民の戦争の意識を根源的にたどったのは、戦争期における四季派の詩人たちである。かれらもことごとく戦争讃歌をかいた点では、不定職インテリゲンチャともモダニストとも異るものではないが、庶民の伝統的な社会意識の側面を意識的につきつめた点で、もっとも特異であった。四季派の詩人たちは、戦争をひとつの自然秩序の変化としてとらえた。近代資本主義社会と資本主義社会の利害の矛盾であり、高度の生産力のたたかいであり、近代意識と近代意識との社会的な争いである戦争は、いわば原始的な自然人の呪術であり、呪術に示唆された首狩りや部落間の争いのように、自然信仰のカテゴリイでとらえられた。そのことによって日本の庶民が根源的なところでもっていた呪術的な戦争観を、よく詩作によってメタフィジックにまで深めたのである。

戦争におけるこのような現代詩人たちの動向を整理する場合に、ふたつの面からの考察が必要であるとおもわれる。それは支配秩序からの社会的な規制を感受したためにおこった支配感性にむかおうとする鋭い収斂であり、これを社会生活的にささえた不定職意識の消失である。

一般的にいって、ひとつの時代の社会的な人間の動向を決定するモメントはふたつあるとかんがえられる。ひとつは、支配秩序からの規制力であり、ひとつは、人間の内的な意識の構造である。この場合人間が支配秩序からの規制力を排除するためには、その内的な意識のなかに支配社会に拮抗するだけの秩序が規定されていなければならない。現代詩人たちの戦争期の動向は、すべての流派や傾向をふくめて、支配秩序の規制力のおもむくままに感性的に収斂しているのであって、流派的な差別は、かれらの内的な意識の差別によっているだけである。かれらは、内的な意識のなかに支配秩序に拮抗するだけの秩序を想定できなかったため、かえって空白なまま、戦後に蘇生することができた。それは、敗戦の時点に支配秩序からの規制力が解かれたからである。

わたしたちは、現代詩人から戦後詩人たちへうつる詩的な意識のあいだに、ひとつの過渡的な悲劇を設定しなければならないとおもう。この過渡的な悲劇を象徴する詩人たちの特徴は、たとえば戦前にならいおぼえた詩の技術を戦時中に自己証明の道具として戦争詩のなかに吐きだし、戦後にまた戦前のままの手法で詩作を復活できた現代詩人たちとも、戦後、何らかの意味で一生活者として体験した戦争を咀嚼することによってあたらしく出発した戦後詩人たちともちがって、自己表現を確立できないままに戦争中に詩作をおこない、戦後にそれをもちこしたところにもとめられる。これらの詩人たちは戦争中、あまりに阿呆らしい戦争詩をかくほどには、表現を手離しえず、しかし生活者としては戦争のなかに直接たたされることによって現代詩人とは異質の体験をもった。しかし戦争を純粋の一生活者として体験することもまたすくなかったのである。手法的にも、それは現代詩人と戦後詩人の中間の位置をしめる。

嵯峨信之、会田綱雄、鳥見迅彦、土橋治重、長島三芳、桜井勝美、菅原克己、三好豊一郎などは、典型的にこの過渡期の手法と精神の課題をおっている。

小雀

ぼくは見えないものを好む
たとえば夜の砂　腕の中を通る愛　雨に打たれていく歌
魂の川を下る船
それらの上に空は幾たび来て　また去ったことだろう
重い　あるいは軽い空
広い　そして狭い空
いま
ぼくの単純な眼差し（まなざ）のはてに
五月の爽（さわ）やかな太陽のかがやきの下に
小雀が一羽
飛沫（しぶき）をはね散らして水浴している

（嵯峨信之『愛と死の数え唄』）

ここには、戦争中に阿呆らしい戦争の詩をかくこともできなかったかわりに、戦後の社会的変動にもそれほど動かされなかったであろう詩人の「見えないものを好む」性格が、巧みに表現されている。社会にたいする不定の意識を、外界にむかって解放するのでもなく、また、外界とはげしく対立するために内にとじこめるのでもなく、不定の意識を不定の意識として構成しようとする企図がスタチックにとらえられている。この詩の外観は、内閉的にみえるが、けっして孤独な孤立者のものではなく、生活人の開かれた眼によってつくられている。

このような特徴は、過渡的な詩人の精神上の課題をたくみに象徴している。これを一言にしていえば、社会にたいする不定の意識を、不定の意識として定着したものということができ、傾向や流派を問わず、この詩人たちに共通したものということができる。

風とボロとの伝説

風が
いやがって
逃げまわるのを
ボロは
はあはあ言いながら
追いかける

ついに
風は
歯をむき

ボロは
ちぎれ
ちぎれになる

かくして
ボロが
アカシアの木のこぶや
アスファルトの傷口などにしがみついて
死んじまうと
風は
おびえて
すがたをくらます

出てこい
風のやつ
こんどはつかまえてやると
ボロのこどもが
さまようのである

（会田綱雄『鹹湖』）

この詩がなぜ「上海のための習作」であるのかこれだけでは、はっきりしないが、路上のボロが風に吹きつけられているのをボロが風を追いかけているというように視覚的に倒置することによって意識の不定性を定着している。こういう形で、自己の不定意識を表現することに執着するのは、過渡的な詩人たちに共通している。このとき詩人の内部には、外界の一切にたいする価値感が失われている。しかし外界にたいする倫理感は失われていない。この詩が、一見するとたんにボロが風にふかれている風景を変った視点から表現しているだけのようにみえながら、社会にたいする一つの態度が自己の不定意識にしめくくりをつけようとして執するところに、はっきりと象徴されている。

「絶対反対」

何千何百何十万びき総立ちでうようよ
あとからあとからあつまつてきて月光広場はいつぱいだ
額にも胸にも背中にも「絶対反対」「絶対反対」「絶対反対」と書いてある
ひようきんな一ぴきが松の木によじのぼり
枝に腰かけ小手をかざし
にこにこにこにこ
青赤黒のうようよの大スペクタクルをながめている

その一ぴきの額にも背中にも
おやおや！　書いてあるのであつた

（鳥見迅彦『けものみち』）

ここで「絶対反対」というのは、自己の不定意識をひとつの方向に解放することについていわれている。いわば不定の意識をそのままの形で定着しようとする意志をあらわしている。しかしそれがけっして、ニヒリズムや自己否定にまでゆかないところがいちじるしい特徴である。

しばらく

しばらく　と
ぼくは声をかける
（ぼくはしばらく
その人に会っていない気がした）
しかしその人は
キョトンとしてぼくを見る
ぼくは顔を間違えた

ぼくはまた

ほかの人に声をかける
その人は
ギョロリとしてぼくをながめる
ぼくはその人も間違えた

しかし　と　ぼくは考える
みな同じような顔をして　同じようなことを考えているのでときには間違えてもよいではないかと
同時に間違えられた人も　間違えられたままのびのびと　返事をしてもよいではないかと

ぼくは自信をもって
声をかける
すると
こんどはその人は
帽子をとって
ていねいに挨拶をかえす
ぼくはポカンとする
ぼくは自信を失う

（後略）

（土橋治重『花』）

こういう詩をささえているものは自己の不定の意識が、外界にたいして感ずる違和感を正当化しようとする欲求である。そしてその欲求はけっしてアクチヴな主張としてあるのではなく、日常生活意識に密着した形で提出される。こういう過渡的な詩人たちの秀作はつきつめてゆけば、かならずといっていいほどこういう不定性を不定性として定着しようとする欲求をあらわしている。嵯峨信之の場合のように、表現にたいする構成的な努力をしめしている場合も、土橋治重や会田綱雄のようなコトバを日常生活の次元に密着して使用している場合も本質的に変ってはいないのである。

昭和の現代詩の歴史のなかで、もし詩として悲劇的な性格を負わされている詩人をあげるとすれば、これら過渡期の詩人たちをこそあげねばならないだろう。これらの詩人たちにとっては、嫌悪すべき過去もなければ光栄とすべき過去もないとおなじように、心を弾ませる未来をも感ずることはできない。冒険すべき詩的な好奇心ももちえなければ、熱にうかされた詩的体験ももちあわせていない。戦争は、これらの詩人にたいして重し石のように作用している。重し石を常態とかんがえて詩的体験を蓄積したために、戦後もおそらく重し石をそのままどこかにまとっているのである。自己の重し石それ自体を疑い、分析し否定または肯定することなく、重し石を身につけてしまっている。

詩的な世代として戦前の現代詩人と戦後詩人たちのあいだにはさまれた過渡的な詩人たちが、自己主張をもちえないものとはかんがえられない。くたびれた復員服や、大陸がえりの塵埃をはらいおとしたあとにこれらの詩人たちにのこるものは、空白でもなければ、くすぶった受動性でもなかったはずであった。あきらかに、戦争中もはなやかな詩人の服装をし、戦後もおなじ服装から星とイカリだけをとりはずしてはなやかな詩人を装っている現代詩人たちよりも、詩的な意識においてはるかに純粋であるこれらの詩人たちを、戦後足ぶみさせている原流をつきとめることは、充分に詩的な課題となりうるはずである。

わたしたちが、これらの過渡的な詩人たちの詩に苛立たしさを感ずるのは、その詩的想像の世界が、拡散されて日常生活の次元にあるばあいも、構成されて感性の組織化された実体をもつばあいも、ネガチヴな不定意識を確認する操作から詩的な実体をつくりあげている点である。現にあるじぶんからの逃亡の意志もなければ、じぶんの地点から何ものかに背反しようとする意志もみられないことである。

戦争を世俗的な猾さから根ぶかく内面の問題とすることなく行動的に便乗した現代詩人にとっても、内面の問題とすることによって傷つき、そのことを戦後になってプラスに転化することによって出発した戦後詩人にとっても、ほんとうの意味では大圧力になりえなかったかもしれない。むしろ、陰微な形での戦争犠牲者は、この過渡的な詩人たちの詩業にあらわれる。そしてこの犠牲者たちが、じぶんを犠牲者と意識しないためにかえって深刻な問題をはらんでいたということができる。

三好豊一郎は、この過渡的な詩人のなかでは特異である。それはおそらく生活意識のなかに戦争の痕跡をあまりのこさなかった環境にあったためと推定される。

戦争は、一面において社会の階層的な構成を変形させ膨脹させた。昭和初年の不定職インテリゲンチャ群は何らかの形で、この変形され膨脹した社会構成のどこかにはまりこんでアウトサイダーから支配秩序のインサイドに移行した。病人、癈疾者、支配階級およびその寄生層をのぞいては、この社会的変形のなかに収斂された。ここでアウトサイダーの意識を保持するためには、内的な意識のなかに別個の現実を想定していることが必要であった。または、とびぬけた想像力をもつことが必要であった。

　これらの過渡的な詩人たちを社会的に位置づけようとすれば、ちょうどこの変形された社会構成の層を設定してみることがよいとかんがえられる。しかもかつて不定職インテリゲンチャとしての経験がない自意識の出発点を、この戦争により変形された社会の、どこかの構成部分にあてはめてみればいいだろう。

　この過渡期の詩人たちによって、現代詩の底辺はいわば底を浅くさせられた。しかしそれとともに、詩的想像の世界をいちじるしく拡散させられ、また混合させられた。たとえば、嵯峨信之の詩業のなかにモダニスムの影響と四季派の影響と歴程派の影響をふりわけてみせるのは無意味であり、実質上も不可能である。これは、土橋治重や会田綱雄や鳥見迅彦や菅原克己の場合にもいうことができる。いいかえれば変形し膨脹した戦時の社会構成のなかで、もはや戦前の現代詩がもっていた詩的な意識と社会意識との落差性は、拡散してうしなわれてしまったということができる。これらの詩人たちが感じているものは、わたしたちが戦後の秩序とかんがえているものともあきらかにちがっている。かれらが、いまもおそらく戦後詩の秩序に違和感をもっているのは、かつてはっきりあったとおもわれる自己の社会的な土壌が、どこにも存在しているようにおもわれないからにほかならない。「慢々的(マンマンディ)好(ハオ)となぐさめると　慢々的好とうなずいてくれる　当塗県小丹陽鎮の　おじいさん　おばあさん　またきっと来ます」（会田綱雄「或る日」）しかし、その日は、社会的な土壌として再びくることはないにちがいない。

三好豊一郎が、この過渡的な詩人たちのうち特異なのは、この詩人が戦争期の変形し膨脹した社会構成とあまりかかわりないところで詩的な世界を構成したからにほかならない。

囚人

真夜中　眼ざめると誰もいない――
犬は驚ろいて吠えはじめる　不意に
すべての睡眠の高さに躍びあがろうと
すべての耳はベッドの中にある
ベッドは愛の中にある

孤独におびえて狂奔する歯
とびあがってはすべり落ちる絶望の声
そのたびに私はベッドから少しずつずり落ちる

私の眼は壁にうがたれた双ツの穴
夢は机の上で燐光のように凍っている
天には赤く燃える星

地には悲しげに吠える犬
（どこからか　かすかに還ってくる木霊）
私はその秘密を知っている
私の心臓の牢屋にも閉じ込められた一匹の犬が吠えている
不眠の蒼ざめたvieの犬が

ここにモダニスムの堂塔が、きわめて倫理的な意匠をおびて戦争期に保持されているのが了解される。この詩に表現された孤立感を、社会的な孤立感にひき直してみることは不可能である。それはこの詩の想像的な世界が、現実をニヒテイッヒにすることにより構成されているからではなく、現実を既定の条件として無視しているからにほかならない。ただここにいいようもなく倫理的な影が存在することは、この詩人が社会にたいする不定の意識を構成する地点をどこにももちえなかった苦痛からきており、この点がモダニスム派の現代詩人たちが阿呆のような戦争詩をかいた時期に、この詩人に詩に価する表現をなさしめた理由であるとかんがえられる。

戦争の社会のうつりかわりを、空白とする考えかた、無変化な空洞とする考えかたは、おそらく戦前派の現代詩人にも、戦後派の現代詩人にも共通したものであろう。しかしこれらの過渡期の詩人群は、このような考えかたにたいする、文学の側面からの強い反措定となりえている。戦争のさ中に、日本の社会的な構成は徐々に変形した。そのさ中に社会的な意識は共通の要因として徐々に変形された。そして、これらの変形の最大の特徴は、社会にたいする不定の意識が、どこかに方向性を見出さざるをえなくなり、詩的な想像の世界にもそれぞれの個性的な形でこれが反映されてきていることである。

これら過渡的な詩人たちの詩の表現のなかにコトバの性格からもおなじような特徴をみつけることができるとおもわれる。たとえば、会田綱雄や土橋治重の詩のコトバは、おそらく現代詩のどの時期のどの詩人たち（例えば無名のプロレタリア詩人たち）よりも、低いポテンシャルで、ほとんど八方破れの構えのまま故意につかわれている。「祝砲千発の轟きは　あなたの墓標をゆさぶり　僕の墓標をゆさぶるでしょう　もしもそのとき　おたがいが生きているとしたら　きっとあなたは僕を想い　僕はあなたを想うでしょう」（会田綱雄「一路平安」）作者はすこしも、コトバ自体の働きによって想像を喚起しようとはしていない。それはまさに表現されたそのとおりである。しかしけっして想像力のゼロの状態ではなく、コトバをもっとも生活意識の平面にひき落すことによって、想像力の飽和点をもとめようとしている。会田にしろ土橋にしろその詩業のうち成功した作品は、これによって一つの特異な詩的世界をつくることができている。ここには、内的な意識を現実そのもののなかに拡散することによってつくられたコトバの世界がある。内的な意識を現実に拡散するにあたって、精神はすこしも解体の努力を必要としないこの詩的な特徴は、かれらが内部の不定意識を、生活者としての行動の中に拡散させる術を会得している世代に属しているからにほかならない。これらの詩人の詩的な世界の特徴は、インテリゲンチャでありまた、現実に密着した生活人であるという二重国籍を、詩的構成のなかで自在に操作できているところからはじまっている。

三好豊一郎や嵯峨信之は、土橋や会田などと対称的な意味で過渡的なコトバの問題をあらわしている。これらの詩人のどの作品をとってみても、四季派やモダニスム派の詩にあったような世界にくらべれば、コトバははるかに理性的につかわれている。「ぼくはまた心のなかの霧にかくれてしまう　なにかの手がぼくをつよく追いもとめる　眼に見えぬ風のざわめきがいつまでもぼくを不安にする　心の遠い沖が荒れはじめたのだろう」（嵯峨信之「蜻蛉」）こういう叙情詩の骨組みのつよさは、たとえば四季派の現代詩人にもとめることはできないのである。情緒といえども、倫理にフィルターされずに詩的な表現となることはない。

「夕映の　そこに何の秘密があるか？　黒い小さな一羽の鳥が　一日の希望の名残り　夕映の残照を身にあびて　高く遠く　雲の狭（はざま）を越えてゆく　空気はつめたく澄んでいる　そのあえぐ喙までがはっきりと見えるほど……」（三好豊一郎「夕映」）

　このような強固なコトバの世界は、戦前派の現代詩人にはおもいも及ばないし、いかなる類型ももちえない。これは初期の三好豊一郎の詩に、かすかな影響を印しているようにおもわれる菱山修三の詩とくらべることによってもはっきりと指摘することができる。菱山の詩は三好にくらべれば、はるかに感性的であり抒情として平板な世界である。

　嵯峨信之や三好豊一郎に象徴されるこの理性的な詩の世界は、これら過渡的な詩人たちに戦争がのこしたプラスの側面であるとかんがえることができるが、これはたとえば、会田綱雄や土橋治重などが、コトバを最低のポテンシャルにまで低めた機能でつかうことによってつくりあげた詩的な世界と対称的でありながら、戦争がこれらの詩人たちにのこした刻印として共通のものであった。

　これらの過渡的な詩人たちが、両極までひっぱってみせている詩的な想像の世界は、社会的にいえば戦争期において日本の社会的な変形と膨脹の規模がどれほどの大きさと範囲をもつものであるかを象徴しているということができよう。かつて昭和初年に、社会的な階層の分裂と生活や思考様式の分裂が、新しい詩的な様式をもたらしたのだが、戦争期にはいって、このような分裂はひとつの支配秩序の方向に収斂させられたかわりに、その社会的な構成層は変形し、膨大な厚みをもつにいたったことを、これらの詩人たちの詩は立証しているということができる。

わたしたちの現代詩は、いまもなお詩的な想像力によって社会の総体的なヴィジョンを包摂しているような詩人をひとりももたず、無数の様式上の分裂と、想像力の局所化という現象に遭遇している。現代詩が戦前から戦後に断層的に移行していく過渡的な段階で、一度、詩的な様式上の分裂がなくなり、詩的な想像の世界を極端に拡散した時期をもったことは、これらのネガチヴであるがゆえに悲劇的な詩人たちが、身をもって証している。この意味の解明とその摂取とは依然として未来にかけられている。

3

こんど戦後詩人の詩をよみかえしているうち、安西均の詩集『花の店』のなかで藤原定家をつかまえた「新古今集断想」に出あい、興味をひかれた。おそらく安西の詩のうち最秀作に属する。

新古今集断想
——藤原定家

「それが俺と何の関りがあろう？　紅（クレナイ）の戦旗が」
貴族の青年は橘を嚙み蒼白なる歌帖（カイエ）を展げた
烏帽子の形をした剝製の魂が耳もとで囁いた
燈油は最後の滴りまで煮えていた
直衣の肩は小さな崖のごとく霜を滑らせた
王朝の夜天の隅で秤は徐にかしいでいた

「否（ノン）！　俺の目には花も紅葉も見えぬ」
彼は夜風がめくり去ろうとする灰色の美学を掌でおさえていた
流水行雲花鳥風月がネガテイヴな軋みをたてた
石胎の闇が机のうえで凍りついた
寒暁は熱い灰のにおひが流れていた
革命はきさらぎにも水無月にも起ろうとしていた。

わたしはこの詩をよみながら戦争中せめて四季派の詩人くらいは、つまらぬ戦争讃美なぞはかかずに、『名月記』の著者定家のように、紅旗征戎ハ吾ガ事ニ非ズとうそぶいてはおられないものか、とかんがえていたことを思い出した。わたしがべつに反戦的であったからではなく、いちばん苛酷に戦争を負わされているとかんがえていたため、かえってそういう詩の世界にひかれていたのである。あとからかんがえてみれば、これは無いものねだりであった。

武門勢力が興隆する時代の過渡期にあった詩人定家の美学は、四季派の詩人もまたはげしい関心をいだいていたものである。しかし、四季派の詩人をとらえていた社会は、資本制の絶対化と組織化が高度にすすみつつあった戦争期であった。かれらの花鳥風月詠が、『拾遺愚草』における定家とちがって、めぐりめぐって戦争詠にむすびつかざるをえなかった原因は、社会構成そのもののなかにあったのである。

戦争体制は、アウトサイダーの存在をゆるさず、おおきくうごく社会構成のひとつの歯車となってかみあわされてゆくことから、もっとも社会的関心がうすいようにみえた四季派の詩人たちさえも投げた網から逃れさせはしなかったのである。

日本の現代詩は第二次大戦をくぐりぬけることによって、詩的想像の世界が、社会的土壌から隔絶するほど強固である詩をもたなかったことをあきらかにした。また「それが俺と何の関りがあろう?紅の戦旗が」(安西均)とうそぶいて、個我意識の極限をつきつめようとしたひとりの詩人をもたないことをはっきりとさせた。しかし空白と便乗に終始したとかんがえることはできないのである。現代詩人たちが意識しないうちに社会の土壌は変形し、戦争の実生活体験は何かを詩人たちの想像力に与えつつあったのである。

戦後詩人たちの出現こそ、戦争の体験が日本の現代詩の詩的な想像力に何をくわえたかをしめすあたらしい指標であった。

戦後詩を背後からささえた動因は、いくつかかんがえられる。そのひとつは戦後詩人たちが社会的な体験において、もっとも戦争の前面にたたされた世代だったという事実である。これは、じぶんが兵士であったといなとにかかわらず、戦争体制がもっとも放らつに酷使した年代に属していたことを意味している。

敗戦は戦後詩人にとって、このもっとも戦争に酷使された世代が権力からの組織化と強制力をとかれた状態にちがいなかった。それならば戦後詩人のうち、敗戦をまったき解放と感じたものがあったろうか。それはたぶん、なかったのである。鮎川信夫、田村隆一、北村太郎、黒田三郎、中桐雅夫など「荒地」の詩人たちをとっても、関根弘、安東次男など「列島」の詩人たちをとっても、衣更着信、中島可一郎、吉岡実、滝口雅子をとってみてもこれは共通している。けれど戦後詩人たちは、まったき解放感をもちえなかった点で共通であるにもかかわらず、その挫折感はかならずしも同質ではなかった。

鮎川信夫は、「祖国なき精神」のなかでこうかいている。

日本には中途半端なところから始めてよいものなど一つもないのである。すべてのものを徹底的に第一歩から築いてゆかなければならない。焼け残ったものは焼き払うべきである。すべて灰燼の中から始めるべきだ。われわれの詩を書く出発点は、すくなくともそういうものである。

われわれはまだ祖国を持つには早過ぎる。われわれは世界の乞食ではないか。われわれのポケットの中は空っぽである。しかし、われわれは何処へでも歩いてゆける。さまざまな制約とか不自由による現実的困難を数え上げる愚は早くやめるべきだ。鎖はたち切らなければならぬ。「詩人とはなすべき何事も持たず、なすべき何事かを発見する人間である」というソローの言葉は、詩人の本性を巧みに言い当てている。

われわれの最も大切な計画書は、いつも白紙のままで置かれている。なすべき何事かを発見するまでは、なすべき何事も持っていない。われわれの精神は国家や社会のあらゆる期待の外側に棲んでいる。自分自身の希望や夢からさえも、屢々離れてゆくのである。凡庸な精神が、さまざまな種類の愛国心という盲目的な鎖で自らの足を縛る時、詩人はむしろやすやすと祖国をあとにするものである。

「なすべき何事も持たず」ということの深い意味からそれが詩人の周到な準備に他ならぬことを直感することは、なすべき何事かを発見するに足る能力を持った人間でなければ困難である。

あたかも、鮎川のこういう敗戦のうけとりかたは、宣言でもあるかのように荒地派の詩人たちによって、詩的想像の問題に転化された。

わたしは地上の価値を知っている
わたしは地上の失われた価値を知っている

どこの国へ行ってみても
おまえたちの生が大いなるものに満たされたためしがない
未来の時まで刈りとられた麦
罠にかけられた獣たち　またちいさな姉妹が
おまえたちの生から追い出されて
おまえたちのように亡命者になるのだ

　地上にはわれわれの国がない
　地上にはわれわれの生に価いする国がない

言論の自由と
行為の自由とを
奪われた囚人は何を持っているか
わずかにとひとは言う
窓に切り取られた天の一角と
回想と
夢みることと

（田村隆一「立棺」）

そこで何が起こったか誰が知ろう
刑務所の門で
見覚えのある帽子や着物とともに
彼等の久しく奪われていたものを
取りかえす
有頂天
ああ　有頂天のなかに
回想を通じて夢みられた未来への解放
彼等の忘れて行ったものに誰が気がつくか

そして幻滅

（黒田三郎「時代の囚人」）

こういう感受性のうしろにある敗戦認識には、敗戦の体験自体が、日本の近代史にとってはじめての大規模な権力の制約や強制力からの解放であるとともに、挫折感のうちにうけとめられていることが、はっきりとしめされている。われわれは世界の乞食であるとともに、乞食である理由によってどこへでもゆける。現実上の困難はあるが、精神は日本近代史のうえではじめてといっていい無限の可能性をはらんでいる。現実は鎖につながれているが、詩的な想像力は世界を疾駆することができるはずだ。

このような荒地派の主導的な詩人たちの敗戦認識は、戦争体験自体がかなり批判的な精神体験として保たれていたことを意味していた。しかもその戦争体験のメタフィジックが、ばらばらにきれた個別的な精神体験としてあったことをも推察させる。現実にたいし孤立した精神世界をすでにもっていたインテリゲンチャが、もっともはげしく戦争の前面にたたされたときなにをもたらすか。もしも戦争体験がなかったならば、社会現実にたいする関心も、日常に必要な程度にしかもたずにすませたような資質をもった青年たちが、いやおうなしに水際までつれていかれて強引に水を飲まされた。こういう体験は現代詩の詩的想像力の世界に、あたらしい領土をくわえずにはおかなかったのである。

先日、友人と二人でS駅前の広場をとおると、「諸君はソ聯を選ぶか、日本を選ぶか」という怪しげなスローガンの白旗をなびかせて、まぎれもない壮士が三、四十人の聴衆を相手に、愚劣な愛国運動的反共演説をやっていた。「よくも厭な国を二つ選んでならべたもんだな」と口の悪い友人が言った。

人情派、正義派、始末のわるい善人の多い我国では、愛国心は至るところに姿を現わす。高級にも利用されるが、低級に作用した時に、それは猛威を発揮する。（鮎川信夫「祖国なき精神」）

こういう発言が可能な風土は、明治の初年をのぞいては敗戦時にしかおとずれなかった。この風土は希望というにはあまりにうちひしがれた現実状態でやってきたのだが、しかしまぎれもなく日本の近代史上にあらわれたはじめての希望であった。

荒地派の詩人たちにとって、すくなくともそう考えることなしに、愚劣な敗戦混乱に生きる理由がなかったと考えられている。それにもかかわらず日常世界におとずれた平和は、箱庭のようなちいさな事物にとりまかれている。かぎりなくどこへでも疾駆できるようにおもわれる詩的想像の世界と、みじめな社会的な現実の制約とを、戦争体験によって生々しく植えつけられた現実にたいする関心によって調整しなければならなかったところに、荒地派の出発点がおかれた。

なぜ人類のために、
なぜ人類の惨めさと卑しさのために、
私は貧しい部屋に閉じこもっていられないのか。
なぜ君は錘りのような涙をながさないのか。
大時計の針がきっかり六時を指し、
うつろな音が雑閙のうえの空に鳴りわたる。
私はどうすればいいのか、
重たい靴をはこぶ「現在」と、
いつか、どこか解らない「終りの時」までに。

（北村太郎「センチメンタル・ジャーニー」）

僕は知っている、この毎秒に、
世界のどこかで、誰かが死んでいることを、

僕の血のなかのひとつひとつの宝石が、
しだいに化膿し、崩れてゆくことを。
だが、僕になにができるだろう、
すべての陸を呑む深夜の洪水のなかで、
すべての義務は果されてしまい、
すべてのことは言われてしまっているのだ。

（中桐雅夫「終末」）

敗戦は大衆にとって、生産機構の破壊であり生活の破壊であった。敗戦による大衆の挫折感をかんがえると、この生活的な破壊と放りだされたという意識とによっていいあらわすことができよう。人々はすべての権力機能がとまってしまったときも、生きるため喰べねばならなかった。ここでは、きわめて即物的な挫折感が問題となる。物質的な機能の破壊と、整備とが問題となってくる。また、物質的な基礎と即物的にかかわりあう思想だけが、大衆的な挫折感の中枢をしめてくる。即物的な思想についていうならば、大衆は浮動的でもなければ戦争を忘れやすいわけではない。かれらの思想は、表現されないままに生活過程へかえってゆくだけだ。

この地点で、敗戦直後の大衆の挫折感を詩に定着してみせたのは関根弘であった。

樹

血の気の失せたひとびとを
血の色に染めあげ
炎は
木を焼き
樹を焼き
泪を焼いた
樹の葉はいっせいに火を吹き
漣がたったかとみえた瞬間
炎のなかに
動かぬ幹だけが黒かった

あの日――
火の海と
海につづく川の波との間に
砂を嚙み
痛むまなこをみひらいて
僕は樹のように立ちつくしていた

*

僕は昼でも樹の間を歩いていると
突然樹が叫びだすように思えてならない

かならずしもすぐれた詩ではないが江東地区の大空襲のなかから、この詩人が想像世界に焼きつけた風景の定着法は独特なものである。プロレタリア詩もモダニスムの詩も、かつてこのような即物性をもたなかったし、敗戦の時点でこのような即物的な挫折感をもちえなかった。意識的にここでとられている方法は、敗戦の挫折のなかでも一刻の余裕もなく生活を持続せねばならなかった大衆の脳裏に瞬刻のうちに形成され、解体していった記憶を定着することに成功したとかんがえられる。

荒地の代表的な詩人たちの詩的世界と、関根弘の「樹」や「海」（詩集『絵の宿題』所収）の詩的世界との差異が、日本のインテリゲンチャと大衆との敗戦における挫折感の差異をうまく象徴している。

戦後詩の獲得した想像力の領土は、焼け残ったものは「焼き払うべきである。」と断言できるインテリゲンチャと、早春の海浜で泳いでいる日本人の子供と外国船の方へボートを漕いでゆくパンパンガールと占領者とを対比させて、レールモントフのタマーニを思いだす大衆的感覚とのあいだに、広大な領域をえがいたのだということを忘れてはならない。

ようするに困難なのは無数の雑音と対立のなかにあって、よくじぶんの詩的想像の世界をもちこたえることができるかどうかということだ。わたしは、戦後詩人たちが、それに耐えたとはおもっていない。しかし戦後詩はその出発にあたって、日本の近代詩以後の詩人たちが、かつて宣言したことのなかったことを宣言し、詩的な世界として定着したのである。

われわれの社会ではいつも奇妙なことがおこなわれる。インテリゲンチャは、たいしておのれの孤独をつきつめてもゆかないうちに大衆にうしろめたさを感じ、おれはますます大衆から離れていくのではないかと危惧し、大衆はインテリゲンチャに反撥や劣等感をもつが、大衆的な思想の領域をつきつめようとはしない。われわれの社会構成は錯綜したものにちがいないが、異質の様式のあいだにねばねばした牽引力があってすべてをなしくずしにしてしまう。

敗戦時に荒地の詩人たちも、列島の詩人たちも、おのれの思想的な意志をはっきりと明言できたのは、権力の強制力が弱められ日常世界の約束が破壊されていたからであった。この破壊をもちこたえることに戦後詩の初発の意味はあったのである。

敗戦はおそらく荒地派の詩人たちにとっても、列島派の詩人たちにとっても、非日常世界をひきずったままの、日常世界への復帰であった。だからこそ「突然樹が叫びだすように思えてならない」（関根弘「樹」）のであり、「一羽の小鳥でさえ　暗黒の巣にかえってゆくためには　われわれのにがい心を通らねばならない」（田村隆一「幻を見る人」）のである。

だがどうやらわたしたちは、戦後詩の世界に「表現されない思想」を、詩的想像の領土としてみとめなければならないらしい。まったく当然なことではあるが、わたしたちはじぶんが生活からうけとった思想を再構成したり、表現したりするとはかぎらないのであって、とくに日常世界では瞬刻にこころをとらえた思想を、すぐに生活過程にかえすことによって、行動の指南力をえているものである。

このような思想は表現しないかぎり、そのままの形では、再現されることはない。表現しないかぎり消えてしまう思想は、原型としてはいつも内的な世界に蓄積されて、表現される思想へ転化されるだろうが、ディテールとしては消滅してしまうのである。このような思想は、はたして敗戦をどうとらえ、戦後詩の世界になにをもたらしたのだろうか。

ひとびとは　いくさに敗れ
今日のまの　行方もしらず
汗と苦と恐れにおののき
山づみの書類を灰の　静かな夕暮れ（まくぎ）

（そののぼりゆくあつい煙りの仕業）

ヘルマン、ドロテア　めでたい物語かたる
傍らの　屍体のやうな　やせた生命（いのち）にふれたけど

なんにも自分で知らなかった

（はばたいていた自分たちの生を

（中島可一郎「なんにも自分で知らなかった」）

その未知なものを返してくれ）　と
地上に延びてもの云いたげな彼らの手
電柱よりも数多く
葦のそよぎよりも切なく

ひどくきしむ手押車にのって
車をまわすその手も　しまいにしびれて
ふいに消えていった彼ら
そのはるかな生の国ざかいは
今もあたらしい血の色に光る――

（滝口雅子「兵士たちは」）

ときどきはにわとりが
脚にぶつかりますが
これはもちろん拾つてもさしつかえないのでしよう、
こういうことは
いくぶんは間のわるいものでもありますが、
すくらむ組んだ両腋に
とりたちはしつかりと濡れているのです。

まんまんたる出水のよるは、
いくぶんはねむいのでもありますが、
こんなおもいもかけずに晴れがましい
拾い物ができるということは
もはや、
われらに確乎たるもののごとく……
われらに、
緩衝地帯はどこにも
うしなわれているのです。

（安東次男「緩衝地帯」）

ここには表現されないで消えてゆくべき思想が、戦後的な情況のなかで詩として表現されている。一見するとただの身辺雑記的な私小説のようにみえるこれらの詩の世界は、じつはちみつな想像力によって構成されているのである。これが身辺雑記的にみえる理由はただ、そのモチーフそのものが生活のなかで瞬間的にうまれ、生活のなかへ行動の原動力としてきえてゆくべき思想を、想像力によって詩にしようとしているところからきている。いわば「見えない思想」を、定着しようとする詩人たちの意志から、こういう詩の世界はうまれている。

このことは、戦前の生活派や抒情派の詩人たちの詩をおもいうかべそれと比較すれば、いっそうはっきりするはずである。これらの詩はなぜ、かかれたのであろうか。

わたしは、これらの戦後詩人たちが、敗戦のあとには破壊がのこり、社会的混乱と生活的飢餓がのこる……何もかも、原因があって結果があるというようにみえる戦後現実の思想情況にたいしてアンチ・テーゼをだしたい欲求をかんじたとき、日常世界で表現にもならずに消えてしまう思想に、無意識にしろ意識的にしろ依存した結果であるとおもう。なによりも因果の鎖につながれたような思考から脱出し、偶然であるようにみえながら永続的である自己の瞬間的に消えてゆく生活思想を掘りおこそうとしたものにほかならないとおもう。

これらの詩人たちの詩の歴史的な意味は、かつてモダニストたちが、脳髄の偶然によって作りあげた世界に反して、生活のうちに消えてゆく運命にある日常的な思想をあたかも偶然のようにとりだした点にもとめられる。この微妙な戦後詩の特長をみうしなうことは、やはり荒地や列島の主要な詩人たちから戦争の影響を見うしなうとおなじように、これらの詩人にあたえた戦争の血痕をみうしなうことになる。安東次男の場合などはその抵抗詩の世界にまで、この方法は拡大されているということができる。

安東次男にしろ、中島可一郎にしろ、滝口雅子にしろ、成功した作品に生理的といってもよいような生々しさがあるのは、みえないうちに日常世界にうまれ、日常世界に埋没してしまう思想を造形していることによっている。

もしもなにひとつ表現しようともせず、またとくべつに尖鋭な政治意識をもっているわけでもなく、積極的な現実批判をいだいているものでもない中層の庶民が、戦争によってどれだけ、微妙な影響をはげしくうけたかを知ろうとすれば、安東や中島や滝口などがみえない日常思想をつなぎとめるために、特別の執着をもって表現した作品のうちにもとめることができる。

わたしのかんがえでは、これらの詩人たちが指向したところをさらに意識的につきつめることによって、それに倫理的な意志をかけているのが、野田理一、衣更着信、吉岡実などの系列にぞくする詩人たちである。

中島可一郎や滝口雅子などによっては、すくなくとも日常世界にうまれ、生活の原動になるだけの運命をもった思想を、詩として定着することに積極的な意味はもたせられないようにみなされている。いわば庶民の沈黙の表現としてかんがえられている。しかし中島や滝口などが戦後詩にみちびいた方法は、視点をまったく転倒して、表現され文化の意欲として流通する思想よりも、文化表現の問題とはならないにしても、暗黙のうちに生れて生活過程をうごかしている思想が重要な意味をもつものだとかんがえるかぎり、重要性をもつものであった。

この転倒された重要性を、意識的に詩的想像力の世界として展開したのが、野田や衣更着や吉岡などに代表される詩人たちであった。

へたな詩人

やさしい　ゆるやかな冬眠と
重苦しい月賦
愛するひとの目とめぐり会う痛む目

死を装っているいちじくの木
たたかれてはれた言葉

処理すべき事務
整わない建物と肉体
打消しがたい怖れと副詞
のたうっている河口
枯れたちょう　ちょう　ちょうの収集

白い一本の目じりのしわ
ふくよかな管楽器と
かたづかない棚と
落着かない西洋
吸収されない疲労素
そして　胸に突きささる眩しい光

これらのものを前にして
詩人は苦りきっている

（衣更着信「へたな詩人」）

ここで「へたな詩人」とはへっぽこ詩人という意味ではなく、（そういう自嘲はこの詩人にはない）筋肉の収縮ににた思想をつなぎとめることに執着する詩人の暗喩である。「重苦しい月賦」、「打消しがたい怖れと副詞」、「のたうっている河口」、「落着かない西洋」、これらはすべて文明批評や現実批判とはけっしてならないで、そのまま生活のなかに解体してゆく思想（心理ではない）を、つかまえようとするときに必然的にうまれてくる暗喩にほかならないのだ。

これは無意識を顕在化すると称しながら、じつは心理のひだを脳髄のすみからかきあつめることに終始した戦前のモダニストたちとは、似ても似つかない詩的態度である。モダニストたちは自己の生活の社会的崩壊におびえたが、ここには生活の底に潜航する詩人の確信ともいうべきものが、かすかにみえている。これは吉岡実の場合にもかかわらないのだ。

僧侶

1

四人の僧侶
庭園をそぞろ歩き
ときに黒い布を巻きあげる

棒の形
憎しみもなしに
若い女を叩く
こうもりが叫ぶまで
一人は食事をつくる
一人は罪人を探しにゆく
一人は自瀆
一人は女に殺される

2

四人の僧侶
めいめいの務めにはげむ
聖人形をおろし
磔に牝牛を掲げ
一人が一人の頭髪を剃り
死んだ一人が祈禱し
他の一人が棺をつくるとき
深夜の人里から押しよせる分娩の洪水

四人がいっせいに立ちあがる
不具の四つのアンブレラ
美しい壁と天井張り
そこに穴があらわれ
雨がふりだす

（吉岡実「僧侶」）

この詩がなぜ面白いのか。それは詩というものは、人間の表現され再構成できる思想を、想像力によって定着するものであるとかんがえている人々の常識の盲目に、つぎつぎにくさびをうちこむようなイメージが展開されているからである。わたしは、この手法を超現実的であるとおもわないし、オートマチックなものともかんがえない。むしろこれは、前現実的でありまた、この詩人が表現とならないで生活に解体してゆく思想を大切にしながら生活してきたことを暗黙のうちにかたっているとおもう。いわば現実からうまれて現実をはなれる思想を、まったく無視して、現実から喚起されてすぐに現実にかえっていく思想を拡大しえているのだ。だから衣更着や野田理一とおなじように、戦前の生活派の詩人よりもむしろ真の生活派にぞくする詩人であるということができる。

これらの詩人たちは、詩を芸術文化現象のひとつとかんがえるかぎり、おそらく何もそれに寄与することはあるまい。しかし、詩をただ暗黙の生活思想を定着するためのものだとかんがえるかぎり、あたらしい戦後的な詩の領土を拡大したのである。

戦争と敗戦は、野田や衣更着や吉岡などの詩人たちに、おおよそ政治や文化や社会の総体的な現象が解体してゆく宿命をまざまざとみせつけたにちがいない。そのときこれらの詩人たちは、政治や文化や社会現象とならないところに、まだまだ人間の生活思想の未開拓の領域が広大にひろがってゆくことを見出したのである。だからこれらの詩人たちは、鮎川、田村、北村、黒田などの荒地の主要な詩人たちと対照的な詩的世界をつくりあげ、関根弘など列島の詩人たちの裏がわの世界をさぐり、中島や滝口や安東次男の世界を、さらに意識的に追及しているということができる。

また、戦後詩の特徴的な領土は、これらの詩人たちが戦争と敗戦の体験を極度にひっぱってみせたとき、その境界をあきらかにしたといっていい。

4

戦後詩は、詩の方法としてどれだけの領土を手にいれることができたか。このことは、戦後詩が、その出発のはじめに獲得した思想的な領土がどれだけの広さをもちえたかという問題のあとに、かならず問われねばならないものである。さいわいにわたしたちは、戦後詩の方法的な領土を測るに適した、いく人かの典型的な詩人たちをみつけることができる。これらの詩人たちの異質さと同質さを解きほぐしてゆく過程でそれを包括的にあきらかにしなければならない。

谷川雁は「原点が存在する」のなかでこうかいている。

詩人とは何か。

まだ決定的な姿をとらず不確定ではあるが、やがて人々の前に巨大な力となってあらわれ、その軌道にひとりびとりを微妙にもとらえ、いつかその人の本質そのものと化してしまう根源的勢力……花々や枝や葉を規定する最初のそして最後のエネルギイ……をその出現に先んじて、その萌芽、その胎児のうちに人々をして知覚せしめ、これに対処すべき心情の発見者、それが詩人だ。

これはきわめて倫理的な発言だが、これを倫理的にうけとらずに方法的にうけとることにする。詩とは、具体的な形象によって現実に方向性をあたえるものであるよりも、形象とならない心情を根源においてとらえることだというのが、ここで宣言されている谷川雁の方法的な態度である。じじつ谷川雁の詩は、このような態度の具体的なエキザンプルにほかならなかった。

革命

おれたちの革命は七月か十二月か
鈴蘭の露したたる道は静かに禿げあがり
継ぎのあたった家々のうえで
青く澄んだ空は恐ろしい眼のようだ

鐘が一つ鳴ったら　おれたちは降りてゆこう

ひるまの星がのぞく土壁のなか
肌色の風にふかれる恋人の
年へた漬物の香に膝をつくために

革命とは何だ　瑕のあるとびきりの黄昏
やつらの耳に入った小さな黄金虫
はや労働者の骨が眠る彼方に
ちょっぴり氷蜜のようにあらわれた夕立だ

仙人掌の鉢やめじろの籠をけちらして
空はあんなに焼け……
おれたちはなおも死神の真白な唾で
悲しい方言を門毎に書きちらす

ぎ　な　の　こ　る　が　ふ　の　よ　か　と
（残った奴が運のいい奴）

「土壁」とか「年へた漬物の香」とか、「ぎなのこるがふのよかと」というような方言が、この詩のなかでわずかにつかわれている現実性であり、このわずかな現実性を、どのような根源的な心情によってとりまいているか、という問題がこの詩の方法的な課題のすべてである。かつて井上光晴が「二人の芸術至上主義者と一匹狼」のなかでこの詩をとりあげ、谷川よ、革命とは瑕のあるとびきりの黄昏か、やつらの耳に入った小さな黄金虫か、ばかなことをいってはいけない、おまえの詩はすこしも現実を引掻いていないではないか、という意味のことをかいて批判したのは、この詩法についてであった。谷川の根源的な心情によれば、現実の権力をささえているエネルギーと、これを破壊するエネルギーとは根源的なところで同じものであるため、革命とは「瑕のあるとびきりの黄昏」であり、「やつらの耳に入った小さな黄金虫」のように、社会体制のうちがわで発生するものでなければならない。強烈なリアリストであり、生活人である井上光晴にはこういう認識がきわめて脆弱なものにかんがえられたにちがいない。

谷川雁の喩法のうち成功したものは、この革命の比喩のように現実性ときりはなされたところに、幻想的な現実世界をつくりあげている。それは幻想的でありながらそっくり現実をささえている条件がそろって完結された世界を感じさせる。「下部へ、下部へ、根へ、根へ、花咲かぬ処へ、暗黒のみちる所へ、そこに万有の母がある。存在の原点がある。」という谷川の思想が、詩においてまったく像として倒置される。谷川の思想的に目指す根源的な心情の世界は、詩の表現では幻想的に宙に描かれ、谷川が現象的なものとして、概念になり手あかに汚れているとかんがえる「土壁」や「年へた漬物の香」とかいう現実性が、詩の世界ではきわめて根源的な役割をはたしている。

谷川雁の方法をうみだしている根柢にはなにがあるのだろうか。そのもっともおおきな要素は、現実的なものの日常的なものへの嫌悪と忌避であろう。現実的なものに、ひとつひとつつきあたって手に触れ、処理し、つぎの方向にむかうというような過程にたいする嫌悪感が、ただちに根源的な心情に触れようとするため、像としての詩的な表現は現実とローマン的な意味ではなれた世界をつくりあげてゆく。谷川は戦争期の体験を思想的に倒置しながら再体験しようとかんがえる。あれは、あのときは思想的な方向が逆だったが、あのときの体験は、もういちどくりかえすに価するというモチーフが、谷川の詩法をささえる。いわば戦争世代のおちいりやすい誘惑を、わるびれずに実現しようとする。その悪びれない思想的な、また詩的な態度によって稀少価値をもつものということができる。戦前派のたれも谷川のように根源的な心情に現実性のある暗喩をあたえることはできなかった。

ほとんど谷川雁が戦後詩にみちびいた方法と逆立ちした極端に対称的な方法をもつ詩人を想定しようとするとき、清岡卓行をおもいうかべずにはおられない。戦後詩の方法的な境界は、谷川雁と清岡卓行という二人の詩人によって象徴させることができる。すべての詩人たちの方法はこの中間にあるという構図をかんがえてもあやまりではないとおもう。しかしこのような見解は、詩的な想像力が現実感にうらうちされているときはじめて独立した世界像をつくることができるという前提にたって、はじめて成立するはずである。想像力の世界は現実とまったく切れては独立することができないということを、まずみとめなければならない。

子守唄のための太鼓

二十世紀なかごろの　とある日曜日の午前
愛されるということは　人生最大の驚愕である
かれは走る
かれは走る
そして皮膚の裏側のような海面のうえに　かれは
かれの死後に流れるであろう音楽をきく
人類の歴史が　二千年とは
あまりに　短かすぎる
あの影は　なんという哺乳動物の奇蹟か？
あの　最後に部屋を出る
そのあとで　地球が火事になる
なにげなく　空気の乳首を噛み切る
動きだした　木乃伊のような恐怖は？
かれははねあがる
かれははねあがる
そして匿された変電所のような雲のなかに　かれは

まどろむ幼児の指をまさぐる
ああ　この平和はどこからくるか？
かれは　眼をとじて
誰からどのように愛されているか
大声でどなった

たとえてみれば清岡卓行が「子守唄のための太鼓」や「愉快なシネカメラ」や「酒場で」のような代表作でつかっている方法は、日常的な現実での世界を、そのままこわさないで地上いくばくかの宙に浮きあがらせようとする方法である。谷川雁が、現実の根に深くひそんでいる根源的な心情を表現するために、幻想的な世界にリアリティをあたえようとするのに反して、清岡卓行は、きわめて日常的な世界でのできごとを表現するために、それを宙に浮かばせなければならぬ。清岡卓行が「空気の乳首を嚙み切」ったり「匿された変電所のような雲のなかに」幼児の指をまさぐったりしなければならないのは、そのためである。

清岡卓行がこのような方法をもちいなければならないのはたぶん、清岡卓行の思想が日常的な、現実の世界での自己を抹殺したいという欲求をもっているからである。これは、現実逃避でもなければ、現実嫌悪でもない。また、現実否定でもない。そういう倫理的な現実切断の意志とはちがっている。清岡のとおっている心情や思想は歴史的な転換にたいして不変の軸を、きわめて日常的な足どりで歩いてゆきたいのだ。この方法や方法的な思想が、なぜ戦後的であるかは、戦前の超現実派の詩人たちとくらべてみればあきらかである。かれらにとって詩は、生活とも歴史とも無関係に脳髄のオオトマチズムとして成立しうる世界であるが、清岡にとって生活とは、一点もゆるがせにできない詩の問題であり、歴史とは不変の軸にそって対決されなければならない問題である。ここに、戦争を通過して戦後的である清岡卓行の独自な足場がおかれている。

谷川雁と清岡卓行の方法をおおきく位置づけるために、わたしたちは戦後的なリアリスムがたどりついた成果を、検討してみなければならない。戦前のプロレタリア・リアリスムの方法が、戦後詩のなかでどれほどの転換をうけているかを解明するとき、いわば対極的に戦後の反リアリスムを代表する清岡や谷川の方法はあきらかにうかびあがってくる。

浜田知章、井上俊夫は、そこに都市的と農村的というちがいはあっても、戦後詩におけるリアリスムの方法の達成点をかたる代表的な詩人であるということができよう。浜田知章の作品構成の方法ではプロレタリア・リアリスムの方法がしばしば混同した作品の世界と現実の世界のけじめがはっきりと区別され、すくなくともリアリスムとは、詩で現実に密着することではなく、現実を再構成するものであるとする方法的な意識がつらぬかれている。

袋小路から

ステイションの
古びた石畳の上に

浮標みたいに
ぼくと、女は向き合っていた
どうしてもここから脱けだすの、
ギャズパのような袋小路の掃溜には
木片
ガラスの空罐が
ぶよぶよ浮いているが
ひそかな漂流を待っているだけの一生
それとも
淡黄色のフィルターを使って
チンマリ二人で抱き合った虚像をつくり
これが愛なんだと
唇をとがらして云うのだろう。

硬質の
冷たく光る
霜の、結晶作用は
小さな島の Stockade のなかからは生まれない。

絶対に、

この詩は、浜田知章の現実を再構成するばあいの導入法と、モンタージュ法と、そのモチーフをよくかたっている作品である。「根こそぎにされた人間」の生活反応の仕方を、おさえたリアリスティックな手法でえがいている。もちろん根柢にあるのは現実嫌悪である。嫌悪感がかきあつめてくる現実の破片は、おのずからこの詩人の生活ニヒリズムのもうもうとした雰囲気をつたえる。現実はもっと生々しくうごいているのにここでは、四角にきられた現実の断面を、所定の企意にしたがって積みかさねてゆくことによって現実が再構成されている。戦前のプロレタリア・リアリスムは、この方法をまったくもちあわせえなかった。かれらにとって生活はローマン的であり、現実はいらだたしい波面のようにみえた。浜田がみているのは凝集された現実であり、これをささえているのは凍った現実嫌悪である。

浜田知章の凍った現実嫌悪を、凍った現実肯定におきかえたとき、まったくおなじレンガ積みの方法で井上俊夫の作品はかかれている。

豆腐

あんな時は

気が立っているから
こいつを串刺しにするような
手応しかないもんだ
三十人からの初年兵に
順番に突かしたのだから
青い綿入れの軍服は
無論、蜂の巣さ。
農業共同組合の理事会がはてたあと
すき鍋をかこむ
酒くさい息の一人が
ぎこちない手附で
真赤な肉片を一枚一枚敷きならべ
その上に
中国の百姓だって好きな
豆腐をのせた。

浜田や井上などが展開させているレンガ積みの方法は、戦前のプロレタリア・リアリズムではかんがえもおよばないような、方法的な伝播の可能性をあたえた。レンガ積みは、積みあげたものを、自己破壊しまたつみかさねるという操作を精神的な課題としてじぶんに課さないかぎり、死物にかわってしまうとしても、レンガの配列法を身につけることによって、万人に可能な方法をしめしうることになる。浜田や井上などの周辺に、方法的な共通性による一運動が発生しえたのはそのためであった。

戦前のプロレタリア・リアリズムは、政治的な共通目標をばくぜんと設定せずには、詩の運動が不可能であった。しかし戦後、浜田や井上などは方法的な共通目標によって詩の運動が政治的に可能であるところまで、リアリズムの概念を変えていったのである。この戦後的なリアリズムの概念を軸にしてかんがえるとき、清岡卓行や谷川雁の方法的な意味は確実な位置づけをあたえられる。かれらは、個性の強さによってではなく、方法的な思想的な強さによって、はっきりとした位置を戦後詩のなかに占めている。

浜田知章や井上俊夫などの方法は、動的な現実を流動したままとらえるには適する方法ではない。しかしかれらはまず現実を詠嘆的になぞることによって、都会的「根こそぎの人間」や、農民的インテリゲンチャである宿命を流産させることを欲しなかったのである。かれらはレンガのように現実の断片をあつめて配列してみせることによって、流動する現実のひとつの断面を、永続的なものであるかのように表現しなければならなかった。

戦後詩のなかで方法的な意識によってよりも、根源的な心情によって詩をかきつづけている詩人をもとめるとき、生野幸吉や秋谷豊は、その代表的なものであるということができる。方法的意識がすくないため、その詩の世界は詩人自身の詠嘆とも希願とも、わかれて独立することがない。それは自分自身との対話である。

なにものがささやくのか
不要である　と

ただ生存のくりかへす
不要　なのだと……

神よ神よからうじてわたしはいきた
からうじてわたしはいきた

ああ　わが顔は惨澹とするだけではないか
おそろしく渦まくそらのくもりを受けて！

またしてもことばは不通で
かうして孤りでゐるうちに
ぼくのこころがどれほど奇異に　並はづれてしまはうことか
怖ろしい……

（生野幸吉「声２」）

ざわめく防風林の奥
射ちおとされた野鴨の両眼に
白い霧が凍つていた

洋燈の冷たい流れに涵つて
ぼくは沈鬱な来歴を書き終えた

夜どおし　枯草の中で
死ねない野鴨が羽ばたく
ぼくは寝返りばかり打つていた

（秋谷豊「北国」）

生野幸吉の場合には、心情の倫理的な葛藤が詩の主題であり、また詩的な対象である。暗喩も直喩もときとして使われるが、すべて自然発生的につかわれるものであって、方法的な自覚のうえにたっているのではない。秋谷豊の場合、詩のメヂュウムとなっているのは、自然物、自然的な秩序であって、ここではかなり自覚的に喩法が駆使されている。戦前の現代詩との直通路を、戦後詩にもとめうるとすれば、それは生野幸吉や秋谷豊の世界にしかもとめえないであろう。これらの傾向の詩人たちの中心をなしているモチーフは、いぜんとして日本の伝統的な心情の秩序にあたる自然的な秩序との内心の格闘である。生野幸吉のばあいには、自然的な秩序にたいする異邦的な心情や生の意識との葛藤が、詩のモチーフをなし、秋谷豊のばあい、自然的な秩序は、詩を成立させるための不可避の要素となっている。これらの詩人にとって、生きるということは自然的なものにたいする抵抗感であった。このために現実社会のなかでの生活は、影や忍耐の許容でなければならない。このような中心的な課題にしたがって、生野幸吉や秋谷豊の詩の世界は、八木重吉や中原中也や立原道造の詩の世界にくらべてはるかに不安定であり、またいいかえれば、自然的なものへの傾斜や依存の度合はすくなくなってきている。これを戦後的な共通意識でとらえれば、日本的な心情の土台をなしている自然的な秩序にたいするたたかいを、根源的な心情の世界によって行おうとしているところに、これらの詩人たちの独特の場所があるということができる。このような詩的な課題は、たとえば戦前の「四季」派の一部分が中心的なテーマとしてきたものであった。生野や秋谷の世界はこの系譜をひくものということができる。しかし当分のあいだ、このような課題の意味は消滅することはありえないため、方法的にはいろいろに変化しながら、この種の詩的表現は今後も戦後詩のなかにおおきな役割をはたすことはうたがいない。

戦前の日本の現代詩の常法によれば、詩におけるアブストラクトな方法というのは無意識のメカニスムを理性の線でなぞらえるということにつきている。かくして北園克衛や上田敏雄や瀧口修造の詩の世界は、ある程度において超現実的であり、ある程度においてアブストラクトであるとかんがえられてきた。しかし言語による詩のばあい、このアブストラクトの意味は、コトバの意味自体のはたらきを無視することによってはかんがえることができないものである。

戦後詩のなかで、もっとも本質的な意味で、アブストラクトの詩をかきつづけているのは山本太郎、那珂太郎、平林敏彦、沢村光博などの傾向にぞくする詩人たちである。これらの詩人たちのアブストラクトは、コトバの意味する機能をもふくめてメタフィジックの詩とよんだほうがいいかもしれない。たとえば沢村光博は、自分の詩法について「一貫して、カトリック現実主義の立場にある。つまり私のカトリシズムは、その中心点をインカルナティオ（受肉）のミスティークに持つものである。」とのべている。じじつこのとおり沢村の詩は、自分が生きて存在していることにたいするミスティークと現実にたいする関心との交錯から成立っている。むしろ交錯だけから成立っていると評した方がよいかもしれない。なぜならばその詩は、ひとつの世界を構成しているというよりも、現実と人間にたいするミスチシズムとリアリスムの交錯のどこまでもつづくパターンの連続なのである。

通過するもの　沢村光博

深夜。不意に、北風が扉をおしひらいて這入って来た。

ベッドで眠れないでいた、僕の瞼に荒々しく接吻し、
ラムプのまわりに、黒い手をあてた。

僕は、死のような眠りに墜ちた。眠りにおちた僕の内部(なか)でそいつはゆっくりと身を翻えすと、再び、扉をおしひらいて、黙ったまま脱け出て行った。

林の木々が、青ざめ、赤くなり、いっせいに落葉しはじ

めた。

沢村光博のばあい、自己の存在にたいする求心的な関心がつよすぎるため、その詩の世界は、対象をどのようにとってもひとつの完結された世界を構成しない。じしんから作品の世界は切れて独立しない。那珂太郎の世界は、詩がけっして完結された世界でなければならないことを詩人が自身でのぞんでいるわけではないのに、意に反して完結したひとつの世界を構成している。

へんなプラカアド　**那珂太郎**

時計のやうに快活な心臓ではない
鋼鉄のやうにしなやかな肉体ではない
その眼球に緑色の地球を映し
互に肩をくみ
炎の旗をふって
ベルトのやうに流れてゆく集団ではない
織く光るヒュウズの尖の
虫くひだらけの脳髄

半透明の肉体のなかにぶらさがる
くたびれたゴムの心臓
彼らの歪んだ眼球は
不毛の地平に茫と瞶ひらかれたまま
なにゆゑのデモ行進だ
ふりだしもない
あがりもない
永遠にとざされた黒い円周の上を
葬列のやうにひっそりとめぐってゆく
その先頭に
ゆらゆら揺れる剝げちょろけたプラカアド
〈ワレラニ　生存ノ動機ヲ与ヘヨ！
ワレラニ　意志ノ発条ヲ与ヘヨ！
ワレラ　任意ノ一点ニ非ズシテ
必然ノ定点ナルコトヲ証明セヨ！〉

これらの詩人たちにとって、詩がひとつの起承転結をもった世界であるかどうか問題ではない。かれらのメタフィジカルな思考が、現実の根源的な体験と交わるときの想像力の飛躍が問題であり、完結し限定される世界よりも、どこまでもつづく飛躍のくりかえしのなかに、必然的に詩的な世界がおわるようにおもわれる。これは平林敏彦の「魚の記録」のような秀作や、山本太郎の「讃美歌」のような独創的な詩的な構成の世界をかんがえても共通のものである。

讃美歌　山本太郎

ぼく　きとく
魔術師　めざめよ

マーガレットが　またひとつ枯れる日
金魚の死ぬや　美しく

返(ヘン)　待つ
君が愛を語れ

ぼく　幼にして痴ドン
酒くらい　よからぬことのみ好み

助（スケ）　たのむ
礼金　はづむ

盛場の木馬の鞍に
蘇りませ　主よ

この調子でくりかえされる詩のパターンは、アブストラクトな想像力と、根源的な心情とが織りあげる独自の世界となって接続する。このような世界は、かつて日本のモダニストたちによって考えもおよばないものであった。

魚の記録　平林敏彦

ぼくらはひかりがやっと射す
潮のとおりみちでいつも落合った。
風はそこまで届かないのに
紐のようにあしをよじらせて　音楽が
耳のすぐそばをすりぬけていった。
ぼくらの鰭はなかなか潮になじまなかったが

たしかにふたりのからだから
あまかわのようにふるい歌がはがれていった。

ここでは現実にたいする屈折のある批判が、まったく当然のように現実をはなれたイメージによってくり返される。これらの詩人たちは終りのある始めをもたないで、終りのない始めから世界をつくる。そこにくりかえされる詩のパターンには心理的な遊戯ではなく、コトバの本質から必然的にでてくる倫理的な意想がきらめいている。

わたしは、四十代にちかい詩人たちのなかから、戦後詩の思想的な領土をさがしたように、三十代の詩人たちの詩から戦後詩の方法的な領域をさがそうとつとめてきた。

詩の方法とは、個々の詩人にとって、様式的な蓄積の問題とかんがえられているかもしれないが、それは、よりおおく現実的な体験の問題であり、想像力の質の問題であろう。詩について方法的な実験をおしすすめているこれらの詩人たちは、大なり小なり、戦争と戦後の制約された現実のなかにありながら、まず、方法的な努力によって日本の現実を超えて遠くまで「疾駆」しようとする強い意志をしめし、現実の社会の発展によって制約せられざるをえないコトバの構成力を、超えたいという欲求の強大な詩人たちである。この問題をとくために、これらの詩人たちはそれぞれ、独自の解決法をあみだしていることを理解することができる。

ちょうどこれらの詩人たちの年代にぞくする「荒地」の代表的な詩人のひとり木原孝一は、戦後そのほとんど大部分の作品を、このような問題を思想的と方法的とのふたつの面からとくことをその詩のモチーフとしている。たとえば木原孝一はその「最後の戦闘機」という詩をつぎのようにかいている。

みんなが駈けよったときには　もう遅かった
その女の子は
あおむけに倒れて　肩から　頬から　血が滴りおちた
時速　四〇マイル
なんのために　その自動車は急がねばならなかったか
汚れた犬が
アスファルトのうえの血を嗅いでいった

そのとき
われわれの渇いた咽喉から
未来のどこかにむかって　斜めに空を引き裂いたものがある
それは
中部太平洋の
絶望的な戦線で
重爆撃機の編隊にむかって飛んだ　ちいさなひとつの戦闘機だ
その影は

罠にかかった生きもののように　われわれの心のなかでたたかった
それは
巨大な四つのエンジンと　ちいさなひとつの魂のたたかい
それは
世界のあらゆるメカニズムと　死にゆくかすかな意識とのたたかい
それは
一五ミリ機関砲と　五ミリ機銃との
電波照準器と　五本の指の
突撃する軍隊と　声なき難民の
「文明社会」と「未開発地域」の
持つものと　飢えたるものの
それは
目標なき　永遠のたたかい
罠にかかった生きもののように　われわれの心のなかでたたかった
その影は
やがて　はるかなる水平線のむこうに墜落した
そのときから
われわれの空には　虹もかからず

日も昇らない

救急車のサイレンがきこえたとき死んだ
その女の子の棺は
鉛の釘でうちつけられて　泥のなかに埋められるのだ
なんのために　自動車は急ぐのか？
なんのために　最後の戦闘機は飛んだのか？
それは　いま
ひとりの子供の屍体によって答えられる

ここで木原孝一が戦後の「その自動車」にひかれた女の子のイメージと、戦争中の「最後の戦闘機」のイメージとを結びつける構成法が、偏執的にすぎるとかんがえるひとびとは、戦後詩の方法的な根源について理解しないものというべきである。

5

わたしはいままで、戦後詩の思想的な基盤と方法的な類型とを概観してきた。やがていつかわたしたちは、言語表現としての戦後詩という困難な課題に本格的にとりくまなければならない時をむかえるにちがいない。この問題は手探りで未踏の領域をきりひらいていくより仕方のない段階にある。そのひとつの踏み石として、問題のとば口に立ってみなければならない。

時枝誠記は、『日本文法』（口語篇）（岩波全書）のなかで日本語とヨーロッパ語の構造上のちがいについて、つぎのように書いている。

> A dog runs.
>
> のような表現は、一般に次のように説明されている。
>
> A dog is runnyng. 即ち [A] is [B]
>
> のように、陳述を表わす辞が、ＡとＢの中間にあって、両者を結合するものと考える。即ち零記号の辞を、ＡとＢの中間に想定するのである。然るに、国語に於いて、
>
> 犬　走る。
>
> という表現は、ＡＢ二観念の配列に於いて英語の場合と全く同じであるにも拘わらず、これを次の如く解さなければならない。
>
> [犬　走る] ▨
>
> 即ち、ＡＢ二観念を統一する辞は、ＡＢ二観念の外から、これを包む形に於いて統一しているのである。前者を天秤型統一形式と呼ぶならば、後者のようなのは、これを風呂敷型統一形式と呼ぶことが出来るであろう。

この時枝理論については、いくらかの解説をひつようとしている。欧印語では、「犬」が「走っている」ことを言語表現としてあらわすばあいに、「犬」と「走っていること」とを、中間において結合するように文章が構成される。日本語では「犬　走る」状態を言語主体がいいあらわすことばが、「犬　走る」のあとに、これを包む形で加えられるように文章が構成される。前者を天秤型、後者を風呂敷型と名付けたのである。だから、「犬　走る」という観念を表現するばあいに日本語では

[犬][が][走って][いる]

のような構成がとられねばならない。これを「犬　走る」という観念を表現として保存したまま図式化するとすれば

[犬　走る]▨

というように、映画の暗転にも似た主体的な述意である零記号を、「犬　走る」という観念のあとに付ける形であらわさねばならない。

このような日本語の言語特性は、戦後詩のなかでどのような位をとってあらわれるだろうか。

私がどんなに天をこがれても
それは　むなしい
地上に私をつなぐ糸
吹きつのる風　このふたつのものがないかぎり

凝視し尽せるものか
しかし　けっきょく
かかる　きびしいつながり方は
おお　君らとの
糸よ　凪よ

しかも
私が　未だに　私の性を失えないときの
この惨澹たる君らの不在を！

（高野喜久雄「凧」）

この詩の構成を注意ぶかく分析してみよう。だいいちにこの詩は、表現主体である「私」が「凧」の側に移入され、その結果「凧」はすなわち「私」であり、「私」はすなわち表現主体であるという関係を前提としてつくられている。この詩の意味の面白さは、われわれが理想化されたものを意味あるものと考えうるのは、われわれが現実に制約されており、しかもさまざまな現実的葛藤が存在しているということを必須の条件としてである、という作者の思想的な独白が、「私」を「凧」として移入することによって、凧が空に昇ってゆけるのは、地面につながる糸と吹く風があるからだ、というように暗喩できるところにあるといえる。

第一節は、まったく、「凧」によって暗喩された作者の思想的な独白を表現している導入部である。しかも第一節は、それだけで独立した思想的意味を表わしている。第二節は自分を地上につなげている「糸」と、天上に保っているに必要な「風」にたいする「私」すなわち「凧」の主観的な述意である。この第一節と第二節の関係は、表現として

第一節 第二節

の関係に立っている。しかし第三節は

第一節 第二節 第三節

の関係にはない。なぜならば第三節の思想的な意味は、「未だに　私の性を失えないとき」、すなわち自分が理想化されたものを求めようとしない時は「君ら」、すなわち「糸」と「風」すなわち、現実的な制約も葛藤も存在しないみじめな状態なのだという意味であって、表現としてはふたたび、第一節にたいする述意にほかならないからである。これを図式化すれば

第一節 第二節 第三節

というように、言語表現としての意味はさきにすぼまる形となる。これは日本語の表現としての時間的な構成をなさないため、第三節が、いわば、停滞の感覚をあたえるのである。したがって、この詩の第三節は、構成的な感覚からは第二節に合併するのがふさわしいわけで、じじつこの第三節を第二節に合併してもさして不都合はないのである。この詩人は、構成感覚としては停滞であるにもかかわらず、この第三節に思想的な意味として第二節からの発展をあたえたかったため、これを第三節に分

離した。それが感覚的にすこし無理であることを知って、最後に「!」記号のたすけをかりたことはいうまでもあるまい。
わたしのかんがえでは、高野喜久雄は、戦後詩人のうち、詩表現の意味の機能を極度に追求し発展させせている有数の詩人である。このような詩人の詩作品では、日本語の構成的な特質、(時枝理論における風呂敷型構造)が、詩表現の構成的な特質として、かなり典型的にあらわれていることは当然といわなければならない。「凧」という作品で感覚的に形象をあたえる言語は「糸」と「風」以外にはつかわれておらず、その他はことごとく超感覚的、または抽象的な言葉である。それを暗喩のたくみさと、中心になっている思想的な意味によって、かなり典型的な構成的な展開のある詩として成立させている。言語表現としてみるとき、このような日本語の特質的な構成を、言語の機能の特質に則して表現している詩人を、戦前の詩人のなかにみつけだすことは困難である。このような例は戦後詩のなかでなおいくつかの類型をもとめて探ってみなければならない。

生きている林檎　死んでいる林檎
それをどうして区別しよう
籠を下げて　明るい店さきに立って
生きている料理　死んでいる料理
それをどうして味わけよう

ろばたで　峠で　レストランで

生きている心　死んでいる心
それをどうして聴きわけよう
はばたく気配や　深い沈黙　ひびかぬ暗さを

生きている心　死んでいる心
それをどうしてつきとめよう
二人が仲よく酔いどれて　もつれて行くのを

生きている国　死んでいる国
それをどうして見破ろう
似たりよったりの虐殺の今日から

生きているもの　死んでいるもの
ふたつは寄り添い　一緒に並ぶ
いつでも　どこででも　姿をくらまし

姿をくらまし

（茨木のり子「生きているもの・死んでいるもの」）

高野喜久雄が日本語の抽象的な超感覚的な表現を、意味の面で極度に追及している詩人の典型とすれば、茨木のり子は日本語の意味を具体的な側面で徹底して追求している詩人である。この詩は、生きているものと死んでいるものとは区別しがたいという意味を、具体的な場合で展開しながら、最後にそれを総括するかたちがとられている。いいかえれば

［A］が［B］である

という意味を、個々のa、a′、a″……がb、b′、b″……であるという具体性について表現し、かくのごとくAはいつもBであるという風に構成されている。あるときには、a′は生きている林檎と死んでいる林檎であり、bは、それが見わけがたいということである。また、ある場合にはaは生きた料理、心、国……であり、bは、それが区別しがたいということである。そして、すべて生きたものと死んだものとは相伴って、わかちがたい姿であらわれるのだというのが、この詩の思想的な意味にほかならない。

この詩は、高野喜久雄の「凧」のように、構成として時間性はない。いいかえれば

という風呂敷がつぎつぎに重層化されているものではない。したがって、この詩を優れたものとして

いる要因は、AがBであるという思想的な意味を表現するばあいに、Aをa、a'、a''……とおきかえ、Bをb、b'、b''……とおきかえる連想と想像の面白さによっている。しかし茨木のり子の代表的な作品、たとえば「ジャン・ポウル・サルトルに」、「悪童たち」、「わたしが一番きれいだったとき」などをみれば、この詩人が典型的に風呂敷型を重層化する構成においてすぐれた作品を生んでいることが了解される。

しだいに
潜ってたら
巡艦鳥海の巨体は
青みどろに揺れる藻に包まれ
どうと横になっていた。
昭和七年だったかの竣工に
三菱長崎で見たものと変りなし
しかし二〇糎備砲は八門までなく
三糎高角などひとつもない
ひどくやられたものだ。
俺はざっと二千万と見積って
しだいに

上っていった。

新宿のある理髪店で
正面に嵌った鏡の中の客が
そんな話をして剃首を後に折った。
なめらかだが光なみうつ西洋刃物が
彼の荒んだ黒い顔を滑っている。
滑っている理髪師の骨のある手は
いままさに彼の瞼の下に
斜めにかかった。

（長谷川龍生「理髪店にて」）

この作品は典型的に、日本語の風呂敷型重層化がつみかさねられた作品である。言語の形象的な感覚による飛躍を用いないで

［A］が［B］である　又は　［A］が［B］する

を、核としてつぎつぎにそれを包むかたちで表現の構成がすすんでゆく。この詩人は、全般的に形象的な感覚を伴わない言語を極度に排除する方法をもっている。だから高野喜久雄などのように言語表現ならでは不可能である抽象的な超感覚的な言葉をつかって、内部の複雑な様相を直接えがく方法を

とらずに、言葉の意味を形象的な感覚性によって選りわけながら、そのはんいないで注意深くつかっている。

しかしこの「理髪店にて」という作品は、あきらかに言語表現でなければ、とても不可解な特色をもっている。たとえばこの詩を映画によって表現するとすればごく常識的にいってつぎのような方法がとられる。

(1) 理髪店で、カミソリを当てている理髪師と当てられて坐っている「俺」を映し、この詩の前半、「しだいに……上っていった」までを、「俺」のセリフとして音声による言語表現をかりる。

(2) (1)と同様にしながら、画面の一角に、海中に沈没して横倒しになった軍艦を映写する。

(3) (1)と同様にしながら、画面を暗転して海中に横倒しになった軍艦と、理髪店の光景とを分離して、結びつける。

この詩人の方法はつぎのようになっている。だいいちに、詩人は、はじめにカミソリをあてている「俺」に移行して、詩はおれのセリフとしてはじめられる。これは映画のように映像表現では映像を創るものと、創られた映像との関係が切りはなせないため不可能なのである。いわば音声をかりるほかないのである。しかし言語表現は、表現自体のなかに主体と客体とが分離しているため、このことが可能となる。つぎに、詩人は、「俺」から主体である自身にかえって、「新宿のある理髪店で」以下の表現を行う。そして「俺」のセリフの内容に対応するような「いままさに彼の瞼の下に斜めにかかった」という表現をとることが可能となる。映画のような映像表現では、この詩の前半と後半とは、暗転または部分的なはめこみを必要としている。しかし言語表現では、暗転その他を必要としないのである。なぜならば、いま前半をAとし後半をBとすれば、言語表現として

A
B

という関係を表現主体としての作者の立場から描くことができるからである。

高野喜久雄、茨木のり子、長谷川龍生などの詩人は、それぞれの方法的な相違をしめしながら、日本語の言語特性を意味の側面から戦後詩の到達できるもっとも高度な段階までつきすすめている。これらの詩人たちの作品が、表現の意味の側面からあいまいさや難解さをしめさない(それは、詩全体が理解しやすいということを必ずしも意味しない)のは、日本語の特性をオーソドックスにつきすすめているからにほかならないといえる。

夜明けの空は風がふいて乾いていた
風がふきつけて凧がうごかなかった
うごかないのではなかった　空の高みに
たえず舞い颺ろうとしているのだった

じじつたえず舞い颺っているのだった

ほそい紐で地上に繋がれていたから
風をこらえながら凧にのって
こまかに平均をたもっているのだった

ああ記憶のそこに沈みゆく沼地があり
滅び去った都市があり　人々がうちひしがれていて
そして　その上の空は乾いていた……

風がふきつけて凧がうごかなかった
うごかないのではなかった　空の高みに
鳴っている唸りは聞きとりにくかったが

（中村稔「凧」）

この作品を、ある部分では同じような着想をしめしている高野喜久雄の「凧」と比較してみよう。その異質さは極端である。中村稔のこの作品が、具体的な形象による意味の表現として、長谷川龍生や茨木のり子とあまりちがわず、具体的なイメージを喚起される言語としては、「風」、「凧」、「紐」、「都市」などの僅かにかぎられている点で、高野喜久雄の「凧」とあまりちがわないにもかかわらず、長谷川や茨木や高野の作品のように思想的意味の表現として明晰さや時間性をもたないのは、なぜだろうか。また、この作品の全体的な感覚的イメージが、表現の意味の側面の構成にたよりながら、それとあたかも無関係な鮮かさをもって感受されるのはなぜだろうか。
　そのもっとも大きな理由は、この詩が日本語表現を印欧語的な天秤型構成につかおうと試みているからであるとおもえる。

夜明けの空 A　◎　乾いていること B

「夜明けの空」が「乾いていること」を表現する場合に、日本語では、「夜明けの空は（が）乾いている」というのがふつうである。印欧語的には「夜明けの空　いる　乾いて」というような形に表現される。ところで「空が乾いている」という概念は日本語では、きわめて感覚的な表現であって、具体的な形象を喚起できない。この詩の第一行の場合「風がふいて」という表現は、日本語的には「夜明けの空」に「風がふいている」ことと、「夜明けの空」が「乾いている」ことの二つを作者が主体的な感覚としてもち、それを表現しているにもかかわらず、あたかも印欧語的な「いる（である）」と同じ役割をはたしている。これは「風がふいて」の「て」の独特な用法に原因しているとかんがえられる。いわば、この「て」の機能が「風がふいているため」に「夜明けの空」が「乾いている」のでもなく、「夜明けの空」に「風も吹いている」し、「乾いてもいる」のでもない独特な機能を「風がふいて」にあたえ、あたかも印欧語的な「である」とおなじような感覚的意味を喚起しているのである。これは第二行でもかわらない。日本語的にいえば「風がふきつけて」いることと「凪がうごかなかった」こととは、構成的な因果関係はない。表現主体からみれば「風が吹きつけている」し、空に「凪がうごかなかった」のであるにもかかわらず、作者はあたかも、「風がふきつけること」は、「凪がうごかなかったこと」であるというように感覚的に観念連合をくわえ、それを「風がふきつけて」における「て」の独特な用法によって、印欧語的に A is B のように構成している、とかんがえられる。

この詩を、日本語としての形象的な意味の側面からかんがえれば、「夜明けの乾いた空に、凧が動かないのは、凧がたえず舞い上ろうとしているのに、紐で地上につながれているため均衡をたもっているからである」という単純な構成にすぎない。それを、天秤構成的に表現することによって、構文上の時間性が可逆的な感覚を連想させるものに変り、第三聯の記憶に沈んだ光景が喚起されて、感覚的な意味が思想的にあらわれてくることになっている。

中村稔の作品のすべてが、形象的な言語表現にとぼしく、いわゆる語いに乏しいにもかかわらず、非形象的なイメージを豊富にあたえる最大の理由は、この詩人が日本語を印欧語的に構成しているためであり、日本語の機能を故意に変えて、表現主体の現実からの自立性をたもつことに意識的な努力をはらっているためである。

君は鳥。
ぼくは鳥。
飛ぶ意志である。
ともに飛ぶ意志はない。
ともに飛ぶとは

とるにたらぬ時間のなかに
とびちった籾殻。
朽ちようとする世界のなかに
ふりまかれた仮説。
ぼくは鳥。
君は鳥。
時間に犯された
意志ならぬ意志。
ただ飛ぶことの意志。
意志はどこに由来するともしれぬ。
ただ想像する、
この世界の外の
闇のなかにあるいは
意志するものがいるのかもしれぬと。

(安水稔和「飛ぶ意志」)

「君は鳥」、「ぼくは鳥」という表現は 君は鳥、 ぼくは鳥 となることはいうまでもない。「君は鳥である」、「ぼくは鳥である」を意味している。この冒頭の表現は、ほとんどこの詩全体の表現法を暗示している。これは表現主体である作者が、「鳥」に移入しているのではなくて、作者が主体的に

「ぼく」や「きみ」を「鳥」であると規定しているのである。したがって作者は「鳥」であると同時に表現主体であり、これとの関係において「きみ」もまた「鳥」であるとともに、作者にたいする関係について「きみ」である。この詩の巧さはほとんどこの設定の仕方にかかっている。「きみ」と「ぼく」とは、ともに「鳥」であるにもかかわらず「きみ」はあくまでも「ぼく」と関係をもった（異った）存在でなければならない。この設定が「ともに飛ぶとは　とるにたらぬ時間のなかに　とびちった籾殻」という「鳥」を連想させる比喩と、「朽ちようとする世界のなかに　ふりまかれた仮説」というような人間としての「きみ」と「ぼく」を連想させる比喩とを同質なものとして成立させている。

おなじように「飛ぶ意志」というような構成的に不可能な表現ができるのも、はじめの設定に由来している。「飛ぶ意志」というのは、「飛ぶことができる」「意志をもったもの」という意味で、作者が「ぼく」や「きみ」を、主体的に「鳥」であると規定したことによって、はじめて成立する表現であるということができる。

ところで、この詩をすぐれた作品にしているのは、最後の四行に詩人の思想が表現されているからである。一見するとそれ以前の行と同質であるようにみえるこの最後の四行は、じつはまったく異質である。この四行だけが、詩人の主体的な思想の表現なのである。いいかえれば、冒頭の「君」や「ぼく」は、表現主体である詩人のうちに反映された「人間」をさすので、この「ぼく」はイコール作者である詩人ではない。もしそうであるなら、最後の四行は詩人の思想の表現とはなりえず、詩のなかの「ぼく」の表現にしかすぎない。しかしこの四行が詩のなかの「君」や「ぼく」の思想のよう

に同質化しているのは、最後から四行目の「ただ想像する」という表現のせいである。これは

「きみ」とぼく は 想像 する

のように表現されているにもかかわらず、しじつは

そのこと は 想像 される

という意味にほかならないとおもわれる。そのために以下の四行が、それ以前の全行を受ける詩人の主体的な思想の表現となりえている。安水稔和の詩集『鳥』のなかで、成功している作品はほとんど、「鳥」とか「木」とか「城」とかを、この作品とおなじように設定した場合にかぎられるのは興味ぶかい。そのことはこの詩人の思想の型とふかくかかわっているとかんがえられる。

あの空は　今日も
建ちかけの煙突と煙突の上に
一つづつ造られていた
あの空では　咳と輪転機の音が
病気の人と印刷工場を探していた
赤い受話機が待っていたら
詩人は恋人を忘れて

数字ばかり暗誦していた
あの空では　眼帯した太陽が
沢山の人々の眼に目薬を落し
同じ病気をはやらせた
次の朝　建ちかけの煙突の上に
新しく空が生れ　その下に
新しい眼が生れても
夕方には　繃帯色の雲が
沢山の患者を運んで行った

（岸田衿子「空」）

ここでわたしたちは、日本語の意味構成のとれない表現に遭遇する。これを意味の側面から再構成すれば、つぎのようになる。

〔あの空は　今日も〕
〔建ちかけの煙突と煙突の上に〕
〔一つづつ造られていた〕
〔あの空では　病気の人の咳と〕
〔印刷工場の輪転機の音がひびきわたっていた〕

〔赤い受話機をはずして待っていたら〕
〔詩人は恋人を忘れて〕
〔数字ばかり暗誦していた〕
〔あの空では　眼病がはやっていて〕
〔太陽が〕
〔眼帯をした沢山の人々の眼に目薬を落した〕
〔次の朝　建ちかけの煙突の上に〕
〔新しく空が生れ　その下に〕
〔新しい眼をもった人が生れても〕
〔夕方には　繃帯色の雲の下で〕
〔沢山の患者が運ばれて行った〕

このような意味構成によっても、この詩が言語表現として理解しやすくなったわけではない。しかしこうしてみれば、この詩が印象と記憶の断片を結合させることによって、成立していることを了解することができる。この結合が詩としての芸術性を成立させているのは、無意識のうちに詩人の主要な記憶や印象が任意に結合されているからであって、ただ、表現の必要上、意識的にならべられた印象や記憶ではないからである。

つぎにかんがえねばならないことは、「咳と輪転機の音が　病気の人と印刷工場を探していた」、

「繃帯色の雲が　沢山の患者を運んで行った」という表現のように、もともと、自動的な動詞を受けることができない主語が、それを受けるように表現されていることの意味である。これは、擬人法のように誤解されそうであるが、そうではない。すなわち、

［雲］［が］［医者］［のように］［患者］［を］［運んで］［行った］

のではなく

［雲］［のしたで］［患者］［が］［運ばれて］［行った］

のである。作者は「(街で)、患者が運ばれていった」という光景の印象をとどめていて、それが意味ぶかい記憶として存在しているため、おなじようにこころのどこかに意味ぶかい記憶として存在している「夕方の雲」と結合させて、「夕方には　繃帯色の雲が　沢山の患者を運んで行った」という表現をつくりあげた。これは「咳と輪転機の音が　病気の人と印刷工場を探していた」という表現のばあいも同様である。(病人の)咳の声と、(印刷工場の)輪転機の音を結びつける特殊な記憶連合が作者に存在していたために、あとから印刷工場と病気の人が、述語部のように喚起されたものにほかならない。しかしこの詩人は、このような印象連合と言語表現との関係についてほとんど意識的な意味をあたえようとしていないようにおもわれる。

ここではじめて、戦争の痕跡をもたない詩人の詩の問題がはじまる。たとえば大岡信は、詩集『記憶と現在』の「あとがき」でかいてる。

詩を書きはじめたのは一九四六年、敗戦の翌年からだった。ぼくらには年長の友人のようだった二人の教師、茨木清氏と中村喜夫氏のまわりに親しい友人数名が集って、「鬼の詞」という雑誌を作った。焼跡の掘立小屋のような中学校の校舎で、日暮れにガリ版を刷った。リルケ、日本浪曼派、中村草田男、ドビュッシー、立原道造、そして子供っぽい天文学などが、ぼくらのなかにロマンチックに変貌しながら住んでいた。

リルケ、日本浪曼派、中村草田男、ドビュッシーなどは、いずれも戦中からの痕跡だから、まったく戦争の痕跡をもたないとはいいえないかもしれない。しかしこれは早熟の例であろうから、このあたりに戦争の消失の線をひいてもさしつかえないようにおもえる。

これらの若い世代の特徴をもっとも鋭くあらわしているのは、自己意識の単独性ということであろう。じぶんの精神的な体験の蓄積は、他のたれかと根柢でつながっており、また歴史的な思想の脈とも、意識するといなとにかかわらずつながっているという自覚が無用なところに、ぽつんと佇立しているのが、この詩人たちの世代の特徴といえる。この単独性は、詩の問題としては思想的な意味の展開と重層化を不用にしたということができる。たとえば、「荒地」の詩人たちにとって、詩からその思想的な意味と重層性をとりのぞいて、詩の成立をかんがえることはまったく不可能である。これは詩作品のなかに、意識するといなとにかかわらず、歴史的な意味の流れと連帯性を表現しようとする精神のはたらきがあるからである。自己意識が単離している若い世代の詩人たちにとって、これは無用であるし、またある意味で不可能でもあった。

わたしのよみえた範囲では、中江俊夫や川崎洋のような古典的な詩人のばあいは別なところもあるが、若い世代の詩人たちの詩は、主語の意味とその感覚的な映像の分離や転換にすべての問題が集中されている。この自己意識の単独性の問題が、戦後社会の特徴とないまぜられた戦後派詩人のアクセントであるということができる。この問題を詩作品に則しながら、質的に分離してみなければならない。

かくれんぼ

木の中へ　女の子が入ってしまった
水たまりの中へ　雲が入ってしまうように
出てきても　それはもうべつの女の子だ
もとの女の子はその木の中で

木の中へ女の子が入っ
いつまでも鬼を　まっている。

（嶋岡晨『巨人の夢』）

若い世代の詩人の意味と映像の分離法とはまず、この詩のようなものである。木の中へ女の子が入ってしまった、というのは、女の子が木のうしろへかくれたということの感覚喩である。木のうしろにかくれてしまった女の子の映像が、木の中へ入ったものとしてとらえられ、それが第二行の「水たまりの中へ　雲が入ってしまうように」によって意味連合される。問題の特徴は、第三行と第四行にあらわれる。木のうしろから出てきた女の子は、第一行の「木の中へ　女の子が入ってしまった」という感覚喩をつかって木のうしろへかくれた女の子を表現した必然の成行きによって、いつまでも木の中で鬼をまっている自分の映像を残してこなければならないのである。

この詩は、かくれんぼをしている女の子が、木のうしろへかくれ、それから出てきた、という意味以外のどんな意味も表現していない。この意味性は何の思想も象徴しない。しかしこの思想的にはまったく無意味な意味性が、まず映像連合からはいり、映像を分離するという感覚的な操作によって、詩としての芸術性を獲取している。

生

蝶々はみんな知恵の輪
はなれないふたつの銀の輪

ときどき花にたずねるが
花にもそれはわからない

飛ぶこと飛ぶこと　謎をとくこと

ヒントはかんたん
ちょっと「死」に指を触れたら
知恵の輪はほどけるのです

（嶋岡晨『巨人の夢』）

ここでもまったくおなじ感覚の揺らぎが、詩を成立させている。二匹の蝶がとんでいる状態が、二つの銀の知恵の輪として映像連合され、花にとまったりはなれたりすることは、花に輪のときかたをたずねるという意味に連合される。「飛ぶこと飛ぶこと　謎をとくこと」は、このような映像連合から必然的におこなわれる意味と映像の分離過程である。そして最後に、死ぬことによって、輪は解けるという意味性に統一され、二つの蝶は、二人の人間（夫婦）、飛ぶことは、生活、生きてゆくことの暗喩をもつことがあきらかにされる。この詩では人間の生の思想的な意味が問題にされているのではなく、蝶々がとんでいる様を、知恵の輪に映像連合させることにより、言語の意味と映像の転換のおもしろさがうまれ、それによって、蝶々を人間に、飛ぶことを、生きることに意味連合させた感性の触れ具合に、詩としての芸術性が成立っている。

嶋岡晨の作品は、かならずしもこのような作品にかぎるわけではなく、思想的な意味性の展開によって成立している作品もあるが、その世代的な特長は、これらの作品にはっきりとあらわれ、それが嶋岡の方法の特質を決定しているようにみえる。

このような傾向の作品は、現代詩のなかで若い世代の詩人にしかもとめることはできない。一見するとたんに知的な遊びともとれるこれらの作品は、その知的な遊びが本質的にうちこまれたものであるという理由で、けっしてたんに知的な遊びにとどまるものではない。これは昭和初年に展開された、新散文詩運動や短詩運動の作品と比較してみればあきらかである。昭和初年のモダニストたちにとっては、その主知性はたんなる機智であり、ダンディズムにすぎないのにたいし、戦後の若い世代の詩人たちにとっては、自己意識が伝統ときれ、他と切れているために本質的に生れてくる手法なのである。

これはさらにこまかく立ち入ってみなければならない。わたしたちはこの世代の詩人たちの詩に、思想的な意味を構成しそうで構成できないのに連合の方法において、意想外によくのびる映像をみつけだすことができる。

自動車が云つた
鉛筆が云つた
化学が云つた
お前さんが私をつくつたのだ人間よと

狸はそれをどう思つたろう
星はそれをどう思つたろう
神はそれをどう思つたろう
みちあふれた情熱のしかし愚かな傲慢を

さびしいことを忘れた人から
順々に死んでゆけ
知られぬ者ここに消ゆと

風は夕暮の地球に吹き又見知らぬ星に吹いた
神は夕暮の地球を歩き
又見知らぬ星の上を歩いた

（谷川俊太郎「知られぬ者」）

この詩で自動車と鉛筆と化学のあいだに、狸と星と神とのあいだに、意味的な連関や対称性はまったくなくて、概念の任意性からだけできている。さらに終りの二つの節をみても、なんか意味がありそうだが、ほんとうは思想的な意味はないのである。それにもかかわらずこの詩が意外によくのびた映像性をかんじさせるのは、この詩人の概念内容がまさにそのぎりぎりの大きさで、この詩を成立させているからである。この詩人の本質的な精神の器は、まったくこの詩の背丈だけの内容をもっている。それは知的遊びとしてはあまりに生真面目であり、思想的な意味性としてはあまりに伝統から切れ、他とのかかわりからも切れすぎている。

谷川俊太郎の初期詩集『二十億光年の孤独』のなかに「世代」という詩がある。だまっている漢字と、ささやきかけるひらがなと、幼く明るく叫びをあげているカタカナに比喩して世代のことをのべている。しかしこの若い世代の詩人は幼く明るく叫びをあげているのではなく、思想的な意味をぬきにして孤独であり、個我意識が切断されている。谷川俊太郎は、はやくから自分の表現を獲取した詩人としてこの年代の詩人のなかではとびぬけているが、その表現は概念的に自然であるため、べつにきずきあげられたものでもなく、模索してできたものでもないようにみえる。そういう意味でも、若い世代の詩人たちをかんがえるばあいにベースを提供するものだということができる。嶋岡晨などは、谷川俊太郎にくらべればはるかに自意識的であり、したがって映像と意味との分離も谷川よりきわだって方法的に自覚されているようにおもわれる。

若い世代の詩人にとって、詩の映像がどのようなものとして理解されているかをしめすひとつの例をひいてみよう。

雪というイマージュが
泥濘としか結ばれようとしない
かわいそうなやつら。

眼をとじたとき
最初にこみあげるイマージュが
ぼくらの　魂の色だ。
火の色、雪の色。瞼の裏側の暗室は
すりガラスがはりめぐらされていて、
血だらけのメスやガーゼが
つめたい水道管の水に　洗いながされる。

（飯島耕一「見えないものを見る」）

ここにはこの詩人の映像にたいする好みがあるばかりでなく、若い詩人の映像にたいする一般的な傾向があるようにおもわれる。その最大の特長は言語の映像を感覚的な連合として理解して、意味的な連合として解しない一面性である。もちろんこの詩人は感覚連合によってその喩法を行使する特長をもっているが、それはこの世代に共通した自己意識の孤立性のために、主語の意味連合力を想像力としてとりだしえないのではないかとかんがえられる。

言語のひとつの意味は、たくさんの映像の連合を可能にするが、また、ひとつの映像はたくさんの意味連合を可能にする。この詩がいっている「眼をとじたとき　最初にこみあげるイマージュ」は、概念的な映像にほかならないから、このような映像は、言語表現の過程で、意味連合と感覚連合の両方に可能性をもつはずである。飯島耕一は若い世代の詩人のなかでは、意味と映像の分離をもっとも極端におこなっている典型であり、わたしたちは飯島と谷川とのあいだに、さまざまな段階を想定することができるほどである。たとえば大岡信を嶋岡と飯島とのあいだに挿入してもよい。

地下水のように

かさなりあった花花のひだを押しわけ
地の下から光が溢れ河が溢れる
道
おまえの足をあたため
空
おまえの中にひろがる

風に咲く腕をひろげよ
夢みよう　果実が花を持つ朝を

（大岡信『記憶と現在』）

ここでは言語の意味はすべて概念のなかにうつされる。そのことによって「かさなりあった花花のひだを押しわけ」たり、「地の下から光が溢れ河が溢れる」ことが可能となる。このような手法を、戦前のシュールレアリストたちの詩のなかにもみつけだすことができる。それにもかかわらず大岡信の詩にある全身的な重量を感じさせるのに、戦前派のシュールレアリストたちの詩からは、脳髄の重量だけしか感じられないのは、大岡の詩にある必然性のようなものがつきまとっているからである。この方法以外には可能でない何かがここに存在している。その何かはおそらく歴史と切れ、他との共通事項を切りとられた自己意識の孤立性であり、戦後社会が若い世代にあたえた変化である。戦前のシュールレアリストたちは、すくなくとも理智の共通性やコミュニケーションの可能性にたいする信仰はうしなわなかった。だからこそ、自己の脳髄の旋回法にコミュニケーション成立を夢みてうたがわなかったのだ。しかし戦後派の詩人たちにとってそれは信じられていない。そのために、概念の風景を言語によって記述することに全身をかけざるをえないし、それが唯一の可能性とかんがえられているのである。

わたしたちは、若い世代の詩人たちのうちの古典的な詩人について触れてみなければならない。さいわいここに「歴史的現実」という岩田宏の詩がある。

大工は
建てかけの家のほとりで
焚火かこんで
めしくらい
桶屋は
とばり引いた土間で
丑満まで

たが叩き
屑屋　集めた
隠亡　焼いた
百姓は
糞まるめ草取りで爪なくし
魚屋は
尻はしょり
水流し
さかな裂き
くるま引き
八百屋は
くるま引き
そしてどいつにも
どどいつを歌う場所がなかった
くるわのほかには

ぼく　じき　じいさんになる！

（詩集『いやな唄』）

詩にとって歴史的現実とは、思想的な意味構成が可能な世界をさしており、この詩にはそれが成立しているゆえに古典的なのである。この詩は庶民にとって、どま声をはりあげて都々逸をうたうことができる場所は、遊廓しかなかったという日本の歴史的現実をうたっているのだが、詩にとって歴史的現実とは、意味構成の伝統的な流れと接続しているという感覚にほかならないのである。若い世代の詩人たちのうち、このような意味構成の流れを現実批判と合致させている詩人は、岩田宏や黒田喜夫等のほかあまり存在していないだろう。しかし、時代の傾向のなかには必然性と浮動性がわかちがたく混在しており、それをみきわめることは困難である。これらの詩人たちがどこへゆくかはまったくわからない。

若い世代の古典的な詩人のうち、言語の映像の転換と意味の転換をきんみつに一致させているという意味において、古典的と呼びうるのは中江俊夫である。その資質は谷川俊太郎にもつうじ、川崎洋にもつうじ、また、ある点で大岡信にもつうじているが、言語の映像と意味のきんみつなつながりをつかみとっているという点で、中江俊夫は典型的な若い世代の詩人である。

夕暮の

夕暮れの並木道を歩くと
君らは並木のようになる
さあ　君らは並木だ　両脇に立て

ずうっと並べ　君らひとり　ひとりで　遠くへ――

それから話をしよう　そこを通る人と
ひと言ひと言

だが君らは話せない
人のように話そうとするからだ
並木の一本として話せ　ことばでなしに

（中江俊夫『暗星のうた』）

ここには思想的な意味は、ほとんどないといえるかもしれない。しかし映像転換にともなう意味転換のきんみつな合致を主張するこの詩人の態度はあるといえる。夕ぐれの並木道をあるいていると、通る人が並木のようにみえるという導入部から、人が並木になってしまわねばならないという意想がうまれ、そして並木になってしまった人は、人のように話してはならず、並木のように言葉ではなくて話さねばならないという必然的な意味転換が主張されるのである。

人が並木道をあるいていることから、人が並木になってしまわねばならないという映像転換を、この詩人がみちびきうるのは、この詩人の自己意識のなかに人も並木もべつに異質の対象として存在しないからである。いいかえれば、この詩人の内部の世界が、他に対してすべて切断された位置にあるため、外部にあるものは、すべて遠景の物として同質に存在しているからである。

わたしの中で　夜
風と　電車がとおる
わたしの外で　何もない

わたしの外で　昼
花が咲き　人が歌うときがある
わたしの中で　何もない

（中江俊夫「殻」）

このような内部の世界と外部の世界との関係のなかに、この詩人の映像と意味との結びつきが存在している。内部に風や電車がとおっているとき外部には何もないし、外部で花が咲き人が歌っているとき、内部には何もない。このような自己意識のありかたには、思想的な脈絡がうまれえない。現実はいつも今であり、自分はいつも自分であり、社会はいつも社会である。このような地点でなお自己の存在する意味があるとすれば、あらゆるこの世の存在物は、映像において可変であり、詩によってこのあらゆる存在の意味を転換させることでなければならない。すでに指摘したとおり、こういう信仰は、若い世代の詩人たちにとって、ある程度共通したものということができる。しかし中江俊夫ほど、古典的にそれを追及している詩人はやはり珍しいのではないかとおもわれる。

これらの若い世代の詩人たちの決定的な悲劇は、まだ連関のなかで自己を把握するまえに、表現としての自己把握を完成してしまったところにある。かくして、詩を思想的な意味の流れのなかに参加させ重層化させることは、これらの詩人にとって絶望的であり、不可能にちかいともいうことができる。わたしは最後に、未完の器について語るべきであるかもしれない。消えるかもしれないし、また、同世代の若い詩人たちよりもはるかに大器として完成するかもしれない詩人について。

母

どなれ　うそぶけ　ののしれ
おれは　おれの舟を用意する
おれはあなたのために死ぬのはいやだ
いやだ
おれの尊い若さをすりへらすのはいやだ
方舟
しかし　おれは去れない
……あなたを置いていくなんて出来ない
おれがへとへとになって働いてきた夜
おれを働きがないといって終夜ののしった奴
おれを自分の食べ物のために歩かせて

しがみついて文句をいった奴
おれが悲しむ時　おれの愛をからかう奴
おれは親だろうと　なんだろうと
そういう奴らを悪魔と呼ぶ
悪魔　悪魔　悪魔　悪魔……
おれは　あなたを憎むのではない
しかし　憎まずにおられないのだ
おれを蝕ばみマイナスにしてゆくあなたを
おれは憎まずにおられるものか
おれはあなたのそれまでの苦しみを知っている
あなたを　聡明なあなたを
あなたたらしめなかった力が
何んであるかを知っている
おれは悲しい
あなたが歯車にまきこまれた小獣のように
だらしなく　倒れていったいきさつも　苦しみも　わかる
その奴らへの憎しみも知っている
しかし　悲しい

人間が人間を失うなんて……
汲んでも汲んでも乾いてゆく心情にさせられるなんて……
いちばん親しい人
おれはあなたを愛さずにはおられない
あなたを通じて　限りない憎しみを覚えずにはおられない
あなたは何も　いまは　知り得ない
あなたはおれをさいなむ……
ののしり　憎み　どなっている……
おれは　それを　おわりまできかなければならない

（鈴木喜緑『死の一章をふくむ愛のほめ歌』）

ここには言語映像の冴えた転換はない。思想的な意味の流れだけがある。そしてこれが下層における母と子の現実であり、日本の底辺にいてそれを主体的にうけとめている若い世代における唯一の詩人のいる場所である。これにくらべれば世のいわゆるサークル詩人などというものは、箸にも棒にもかからぬ大衆文化人候補にすぎないことはいうまでもない。

戦後詩の体験

戦後詩といういい方で何をさすのかは、詩人がかんがえるほどわかりやすくはない。このなかにはなぜ戦後詩とことさらにいわなければならないのかという悶着と、戦後詩といえるものの判りにくさとがふたつとも包括されている。

もともと詩の読み手は詩の書き手にほかならないといえば大過のなかった時期はそう遠い過去ではない。いまでもまた多くの部分で通用しないこともない。この部分でだけいえば戦後詩とはなにかは、現に詩を書きつつあるものにとっては、自分が現に書いているそのものを指している。言葉で定義することはできなくても、体験的には熟知されている。けれど詩の書き手ではないが詩の読み手ではあるといった人々にとって、戦後詩とは自明の体験でもなければ、手易く追跡したり鑑賞したりできる世界ではない。こういう人々にとって現代の詩や詩人は中原中也とか立原道造とか三好達治とかによって象徴されるものを指している。べつのいい方をすれば日常の自然感性に根ざした詩を意味している。このたぐいの詩人たちのうち夭折した中原中也や立原道造や津村信夫などをべつにすれば、ひとしなみに戦争をへて戦後にたった。三好達治も丸山薫も伊東静雄も戦後に詩を書いた。けれどその詩は日常の自然感性をもとにした詩であった。戦乱から守りぬいた個性の内奥でもなければ、戦争の体験がいやおうなしに強いた感性でもなかった。人間は生存しているかぎり日常の生活があり、食事をとり、勤めに出かけ、眠りということが不可欠で自然に根ざしているように、自然に根ざしていた。これらの詩人たちの詩は戦後詩とは呼ばれていない。これらの詩人たちも戦争の詩を書いた。けれど戦争を実現する方法をもたなかったし、創り出そうとしなかった。着流しの着物姿でファンのように戦争に熱狂してみせたという比喩が当っている。

戦後詩と呼ぶものは、戦争をくぐりぬける方法を詩のうえで考えることを強いられた詩のことであるといえば、いくらか当っている。べつの言葉でいえば戦乱によって日常の自然感性を根こそぎ疑うことを強いられた詩といってよかった。認識ないしは批評をたえず感性や感覚のなかに包括しながら詩が展開されるので、日常の自然感性に類するものは、すくなくとも表面からは影を払ってしまった。それが日常の自然感性に慣れて、それを詩とみなす人々にとって難解なとっつきにくいものにした。詩に安堵感をもたらすよりも、詩に考え込むことを強いるという具合にならざるをえなかった。戦後詩はその尖端の感性的な水準でいえば詩から慰安をうけとろうとするもの、詩とはリズムに乗った言葉による解放感や快感であるとするものを、みずから拒んだ世界へ入りこんでしまったのである。日常的な生存や生理的な自然死の世界のほかにも、生や死の体験（を強いられる）世界がありうることを、詩人たちは体験し、その体験を詩的な比喩となしえないかぎり作品は成立しなかったのである。

悪い比喩

蒼白い商業と菫色の重工業は
朔太郎の抒情詩で終ってしまったが
戦争から帰ってきた青年たちは
砂漠と氷河の詩を歌ったっけ

むろん　かれらだって
砂漠で戦ったこともなければ
氷河を見てきたわけでもない
仲間が死んだのは南の海だ

砂漠も氷河も悪い比喩だ
比喩は死んで死陰喩になったけれど
「死んだ男」はいまだに死なぬ
古いアルバムの鳶色の夢のなかで

夭折の権利を笑っているのさ
道造や中也とそっくりの

瞬時に溶けよ
人類の眼

（田村隆一「悪い比喩」）

立原道造や中原中也の「夭折の権利」とはちがった生と死の権利を若い時期に戦争に強いられたもの、それらのうちの詩人たちによって戦後詩という概念は定着された。だから自然の景物や草花のような、昔ながらの花鳥風月が詩の対象として占める部分は極小にまで限定され、自然の景物や花鳥によって情感を拓いてゆくという詩的な要請はほとんど捨てられることになる。現代詩の読み手は「蒼白い商業と菫色の重工業」の象徴的な自然である萩原朔太郎の抒情詩も、その景観と生理的な生と死のおき代えである立原道造や中原中也や三好達治の抒情詩も、道具や家具的なおき代えである北園克衛や村野四郎の構成的な詩も、感性的には理解できるかもしれない。だが「砂漠」や「氷河」や「墓地」や「運河」や「菫色の戦線」や「廃墟」の観念的なおき代えの世界とは、一枚の隔壁をへだてられているとしか解し得ないかもしれなかった。

こういう問題もつきつめてゆけば日本語においては詩とは何のことかに帰着してしまうのかもしれない。つまりどんな現在の詩人にもこたえにくい問題だが、やみくもに詩で実行はしているのだといった課題に。

中原中也や立原道造や三好達治のような詩人たちの詩は一種の大衆性を、つまり誰にでもわかる要素を詩の中にふくんでいる。また単に、大衆性をふくんでいるだけでなく詩的なもののうち、永続的なものを、つまり古代の詩から今の詩に至るまで、少しもかわらない核にある何かをふくんでいるようにみえる。これを自然の諧調に同化するところの感性といったらいいのか。自然の諧調とは、「悪い比喩」でいってみれば、樹木の枝ぶりの曲線があれば、その曲線そのままを美と感じ、草花や気象はそのままに美と感じ、政治制度や戦乱や日常生活にはそのままの在り方、つまり自然性を美と感ずる感性が虚構したものを指している。それ以外の感性的な世界は、対象の向う側に無限に吸収されてしまうことができる。もっと「悪い比喩」を重ねてみる。たんに景物や事象だけではなく観念の動きについても、初発の自然性にすべてをゆだねてしまうものを、無意識のうちに表現している。ここに大衆性の核があるようにみえる。この大衆性は、そのままでは現在的な意味はうすれ、過ぎてしまった歴史性になっているかもしれない。またこだからこそ強固に詩概念として流通し、時代によって脱白されて強固になっているともいえる。

こういった意味からすると戦後詩のもとにある核心は、逆に現在性ということで、つまり現在に生きている人々が感ずるだろう、無意識にあるいは理屈はつけられないが漠然と感じている不安とか苦しみとか、あるいはある意味の喜びであるとか、そういうものを鋭敏な形で象徴している点にあるといえるかもしれぬ。しかしこの性格の中に永続的な意味で詩的なものが含まれているかどうかはたいへんむずかしい。この疑問を審判するのは依然として十年あとか百年あとかしらないが歴史が濾過する眼である。つまり戦後詩の中に永続的に詩的なものというのがふくまれているのか、あるいは戦後詩人の誰か一人の中に、そういうふうなものがふくまれているのかは依然として現在の関心に属するので、けっして審判の問題には属さない。十年なり五十年たったのちに戦後詩ないしは戦後詩人のうちに、現在的なものと同時に永続的なものをふくんでいる詩ないし詩人は誰一人おらないという審判が下されるかもしれない。

中原中也や立原道造やあるいは三好達治などの詩が愛好者のあいだに流布され愛誦、愛読されている仕方が詩の優れている標識になるかかんがえてみると、逆にひとつの疑念を生じる。これらの詩の中にはたしかに詩的なものとはこういう感性だという通念に積極的にはたらきかける要素はふくまれている。しかしその中に詩として現在的なもの、現在に生きているものが現在に対して精一杯これを感性的にうけ入れ、感性的に格闘し、そして感性的にこれを思い悩み、という要素があるかどうかをつきつめてゆけば稀薄な部分でしかそれは存在しないのではないか。そうするとこれらの詩が何を切りすて、何を詩的なものとしてかんがえたかは明瞭で、自己自身の感性ないしは感受性に、あらかじめ枠組をこしらえそれを巧みに書きつづければ、誌の本質が得られるとかんがえた形跡がある。しかしこれはたいへんな思いちがいに属する。詩として自然的なものは生きていることあるいは、生命が重要なように重要だがしかし、百年たらずの一時代生き、呼吸し、そして死んでしまう、そういう同時代、つまり現在を精いっぱい感じ、思い悩み、も搔ききってゆく生きざまとしてみれば、たぶんそれらの詩は最少限度しかそれを感性の課題としていなかった。その意味では、詩のある決定的な要素を欠いていたとかんがえることもできる。詩とは何かという問いに、永続的に流れる時間的なものとそれからいわば永遠に滞留する現在的なものの二重性がいつでも生きてなければならないとすれば、どうしてもそうならざるを得ない。

この詩的なものにてらして戦後詩がどういう運命にあるのかは依然として未知数に属する。同時代における、つまり現在に存在するということ、生き、精一杯存在することにおいて当然感じなければならない多くの問題を、じぶんの一身にひきうけている詩人を想定してみる。そういう詩人が精一杯感じているもの、それは当然現在における多くの人々が、無意識のうちで感じているものを尖鋭な形で象徴している。そういう詩人たちの存在は、同時期の多くの人々にうけ入れられるとか、多くの人々に流布されるということにはならない。これは問題意識の尖鋭さにかかわるとおもう。同時代の人々は、無意識のうちに現在を感受していても言葉にあらわすことはできない。人々にとって同時代とは現在を、つまり自分が生まれ存在し死ぬという時間そのものである。生きざまそのことが人間はどう生きるかということである。そうしたプラスとマイナスにふりわけることのできない核というものが、人間の生涯、この百年足らずの個の生涯というものをかんがえるばあいに基幹になっている。それが無意識のうちに現在を感じている大衆の生きざまの意味だとかんがえてよい。そして大なり小なりそういう生きざまの基準から外れていかざるをえないのが人間の、つまり個の生涯の運命みたいなものである。つまり無事平穏に生きて、そして年になったならば結婚し、そして子どもを生み、それから子どもにそむかれ、それから老いさらばえて死ぬという生き方が最も価値ある生き方であって、大なり小なり具体的な個々の人間は、そうしたいにもかかわらずそれからそれて生きざるをえない。これを人々の生きざまの典型的な同時代的なありかただとかんがえれば、そこに詩的な感性が根強く培養されてゆく基盤がある。

詩において根強く底に潜んでいる感性は価値あるものの核にほかならないが、どんな詩人も大なり小なりそこからそれ、詩において永続的なものを犠牲にして現在的なものに固執せざるをえない。これが詩を書く行為の中に当然不可避におこってくる問題であろう。三好達治、立原道造、中原中也というような詩人たちにくらべて、戦後詩人のたれ一人として詩の愛好者たちの間に流布されていない。だが流布されていないからだめなのではない。それから流布されていないからいいのでもない。現在の重さのために詩において永続的なものからそれていかざるをえない運命を、不可避的に辿らされているのが戦後詩人の生きざまである。そうかんがえれば大衆性のない戦後詩人とは詩において大衆性自体を尖鋭に実現しようと試みているものを指している。

戦後詩人はまずどういう体験から出発したのか。最初の戦後詩人たちはいちように、戦前ないしは戦争中に自分自身の詩の表現を獲得していた。その表現にとらえられながら、戦争をくぐってきた詩人たちであった。戦乱を詩の創造を抱えてくぐることが戦後詩人の始まりの体験であった。

戦争をくぐった体験というのなら現在ある年齢以上の人々をひとしく捉えている。それならば体験から何を中心として択ぶかが戦後に生きることの意味を与えるはずである。いま戦後詩人たちの体験の意味を、〈強者〉として振舞った論理が敗北しそれと対照的に、〈弱者〉のように強いられた論理が勝利したことを、とことんまで身体に刻みこんだ体験というところでとらえてみる。〈強者〉の論理というのはたとえば近代日本の軍隊の思想である。ある戦闘目的があるとすれば、その戦闘目的を成就するためには人間の生命(いのち)は軽いものだ、つまり命をすててしまってもその目的をとげなければならない。そして命をすてないのはいわば〈弱者〉であり、だからある目的のためには命をすてうることはいわば、〈強者〉なんだというかんがえ方とうけとってみる。戦後詩人たちの出発の体験はそういう〈強者〉の論理のるつぼの中にいちどは叩き込まれ、そこから出てきた体験だとかんがえたらわかりやすい。

残念なことに、命をすててもある戦闘目的を成就しなければならないという掟に支配された軍隊は、まったくでたらめな敗北の仕方をした。そういう敗北の仕方を、装備や物質力が貧弱だったというような別の要因をもってきてもわたしには基本的に信じられない。それは思想が思想として負けたのだとかんがえる。つまりある目的意識を貫くために命を安くしてよいのだという論理は、本質的な意味で弱いものだったとうけとめる。これが必ず負けるものの論理だったことをとことんまで、戦争は体験させた。事実、鉄砲のかつぎ方一つでも横っちょにかつげばすぐにひっぱたかれ鉄砲なんかさかさまにのっそりのっそりかつごうものなら営倉に入れられるとか、階級を下げられるとか、規律といったら足の持ち上げ方から手の振り方まで全部揃っている、そういう日本の軍隊なるものがじつは弱いものだったことが戦争によって、まことにみごとに証明された。わたしが戦後にかんがえたことはそれであった。そういう〈強者〉の論理はほんとうは脆弱で圧政に虐げられたものが身につけた貧困な論理だというのが戦後にかんがえたことの一つであった。

人間の生命は重要である。個人は重要なものでいざとなったら逃げて手をあげちゃえばいいんだ、ガムをクチャクチャ嚙んでいようと鉄砲をさかさまにかつごうとそんなことは、どうだってよろしい、それで命があぶなくなったらどこまでも生き延びよという論理を、対照的に〈弱者〉の論理と呼ぶとすれば、それを本質的に身につけた西欧近代的な軍隊こそ強靭であった。そしてみごとにかれらに打負されたのである。この体験は戦争体験として鮮烈であった。この印象が戦後の思想的な核にあるものだとすれば、たぶん戦後詩ないしは戦後詩人がくぐりぬけたものであった。これが戦後詩の感性的な体験の核にあった。このことを徹底的にかんがえた詩人、わかりやすくかんがえた詩人に茨木のり子がいる。この詩人の初期の詩はこのことを徹底的に、かんがえていると思う。いまは何かこごとばあさんみたいになって、ただの進歩屋的なところもあるが初期にはまことにみごとに、〈強者〉の論理と〈弱者〉の論理がいかに転倒されるのがほんとうかを詩に表現してみせた。

根府川の海

根府川
東海道の小駅
赤いカンナの咲いている駅

たっぷり栄養のある
大きな花の向うに
いつもまっさおな海がひろがっていた

中尉との恋の話をきかされながら
友と二人ここを通ったことがあった

溢れるような青春を
リュックにつめこみ
動員令をポケットに

ゆられていったこともある

燃えさかる東京をあとに
ネープルの花の白かったふるさとへ
たどりつくときも
あなたは在った

丈高いカンナの花よ
おだやかな相模の海よ

沖に光る波のひとひら
ああそんなかがやきに似た
十代の歳月
風船のように消えた
無知で純粋で徒労だった歳月
うしなわれたたった一つの海賊箱

ほっそりと

蒼く
国を抱きしめて
眉をあげていた
菜ッパ服時代の小さいあたしを
根府川の海よ
忘れはしないだろう？

女の年輪をましながら
ふたたび私は通過する
あれから八年
ひたすらに不敵なこころを育て

海よ

あなたのように
あらぬ方を眺めながら……。

この詩篇「根府川の海」によれば、東海道線の列車の窓からみえる海が、逆に列車と一緒に通り過ぎる歳月に視たものは、〈強者〉の論理と〈弱者〉の論理とが、ひとりの女性を貫いたときの軋みのようなものであった。これは或る種の共通体験のようなものをもとに思い入れると、微細なところまで戦争の前後を浮き彫りにしていることが知れる。

こういう規定をつかってみれば〈強者〉の論理はだめだったなあという一種の内省、あるいは自己批判と、しかしそれは体験としてはやはり愛惜するに足りるというおもいが同在している。他者のために死ぬのはわるいことであるか、あるいはいいことであるかという疑問も一方であって、強者の論理のいわばはざまのところでゆれ動き、思い悩むということから戦後詩は出発したかもしれない。強者の論理ははたして全部否定されるべきであろうか、あるいは個々にいえばすぐれた場面が、人間と人間との関係の中であったといってよいのか。〈強者〉の論理は全体的にいえばだめだったが弱者の論理にすっきりとつけるかといえばそうではない。個々の場面をみればそこには献身的な友情もあっただろうし、自分の命をすてて他者を助けたというような、体験もしただろう。それからいざ命の危険に直面すれば人間はいかにもろくわれ先にと逃げ去るものかという体験もしただろう。そういうさまざまな〈強者〉の体験と〈弱者〉のゆれ動く問題を最初に詩として表現したのが戦後詩の体験の始まりであった。

これは大なり小なりすべての戦後詩の始まりに共通だった。それを典型的に表現したのは「荒地」に結集していた詩人たちであった。その体験の核は日本の詩の歴史の中に、新しい次元を導き入れた。それは限られた世代体験の共通性だから、普遍性がないといえばいえたろう。だが方法的にはまったく新しい地平に詩的動機を押し上げたのである。

黒田三郎の初期の「お金がなくて」という詩の中に

僕は戦火に荒れた故郷の町を横切る
憎悪に荒れた我が胸を横切る
わが喉をうるおすものを求めて

というような、詩の一節がある。つまり自分の胸を横切るものと、軍隊から帰ってきたときに戦火に荒れ果てた故郷の町を自分が横切ったこととが二重に同一化される。自分が求めているのは、そういう体験をへてきたあとに何かしら喉をうるおす渇望に帰着する。個人の内面性と外面性、敗戦後の荒廃した街と心の風景の二重うつしの中に、戦争が体験から経験へと変貌しようとしている。

そういう表現の仕方に象徴されるものが、いわば戦後詩の体験のいちばん始まりにあった。こういう始まりの体験はどういう価値観を求めていったか。ここに黒田三郎の「賭け」という世界が覗かれる。

五百万円の持参金付の女房をもらったとて
貧乏人の僕がどうなるものか
ピアノを買ってお酒を飲んで
カーテンの陰で接吻して

それだけのことではないか
美しくそう明で貞淑な奥さんをもらったとて
飲んだくれの僕がどうなるものか
新しいシルクハットのようにそいつを手に持って
持てあます
それだけのことではないか

ああ
そのとき
この世がしんとしずかになったのだった
その白いビルディングの二階で
僕は見たのである
馬鹿さ加減が
ちょうど僕と同じ位で
貧乏でお天気屋で
強情で
胸のボタンにはヤコブセンのバラ
ふたつの眼には不信心な悲しみ

ブドウの種を吐き出すように
毒舌を吐き散らす
唇の両側に深いえくぼ
僕は見たのである
ひとりの少女を
一世一代の勝負をするために
僕はそこで何を賭ければよかったのか
ポケットをひっくりかえし
持参金付の縁談や
詩人の月桂冠や未払の勘定書
ちぎれたボタン
ありとあらゆるものを
つまみ出し
さて
財布をさかさにふったって
賭けるものが何もないのである
僕は
僕の破滅を賭けた

この「賭け」の価値感は、つまり自分は美しくて、そう明で、金持ちの、そんな娘さんと一緒になったってどうしようもない、それはつまりシルクハットをもってそれをどうかぶったらよいかわからないでもて余しているようなものだ。その時にちょうどばかさ加減が自分と同じくらいで、それで貧乏でお天気屋で、それで強情で、「胸のボタンにはヤコブセンのバラ　ふたつの眼には不信心な悲しみ　ブドウの種を吐き出すように　毒舌を吐き散らす　唇の両側に深いえくぼ　僕は見たのであるひとりの少女を」という節によく象徴されている。つまり価値感としてじぶんはそういう少女を愛する。あるいはそういう少女と一緒になると表明されている。これは戦前の不定職のインテリゲンチャであった一群の詩人たちの生活意識がまねきよせた価値感と似ているようでまったく異っている。詩人は生活無能力的に強いられて必敗の「賭け」を択んだのではなく、意志的に安逸でない想像力のひとつの生活感を択んだ。この意志は戦争の体験がおしえたものであった。そういう価値感で戦後の生活が始まるというのは、戦争の体験を、つまり〈弱者〉の論理と〈強者〉の論理とのはざまに彷徨した体験を意味している。このようにして黒田三郎という詩人の戦後の日常生活は一つの選択であり、一つの思想であったといえる。しかしこういうふうに始まった一対の男女がどうなったのかという課題はまた別にありうる。なぜなら戦争体験の日常への転換がどこまで可能であったのか。どこで破綻をきたすべき断層をはらむものであったか。またどのような方法をもってはじめて持続しえたのであるかは、また戦後詩と詩人との思想的な暗部であることにちがいなかった。個々の詩人たちがひそかにじぶんだけに適用できる方法を編みだすほかなかったから、共通の貌などあり得ないにもかかわらず、だが戦争体験の戦後的な血路の問題であった。〈野戦攻域〉の思想は一夜にして平和な〈家〉とか〈男女〉とかをなによりも尊重せねばならぬという当為に交代しなければならなかった。その構えの矛盾から発せられる軋みをどこにむかって解き放てばよいのか。わたしたちはたれも〈弱者〉として日常へ、平和へ、幸福で堅固な団欒へと帰還することに憧れたかも知れなかった。男たちの世界から、諧調のある世界へ入ることを少くとも理路の上では希求した。どこかで銃をかかえたまま野原に臥したような感触がのこっていて、適応から拒まれる部分を打消せなかった。けれど不可避的にその適応に勤めたのだ。時として不適応の声は途方にくれて幾度もおなじ問いに回帰した。どんな時代でも畳の上で死ねない法外者は存在するのではないか。かれは自己自身で法外者であるうちは無害な悲劇だが、他者をも法外者の舞台に惹き込んでしまうとき、あるいは他者の領土を侵犯するときに有害な宿命なのではないか、というように。いわば性格悲劇のように人格をおとずれる戦争の後遺症は、戦後詩にひそかな内面でたたかわれた自己崩壊とのたたかいの暗い負傷を、いわば倫理的な意味として遺したことになる。

鮎川信夫の「繋船ホテルの朝の歌」はその優れた象徴であった。

ひどく降りはじめた雨のなかを
おまえはただ遠くへ行こうとしていた
死のガードをもとめて
悲しみの街から遠ざかろうとしていた

おまえの濡れた肩を抱きしめたとき
なまぐさい夜風の街が
おれには港のように思えたのだ
船室の灯のひとつひとつを
可憐な魂のノスタルジアにともして
巨大な黒い影が波止場にうずくまっている
おれはずぶ濡れの悔恨をすてて
とおい航海に出よう
背負い袋のようにおまえをひっかついで
航海に出ようとおもった
電線のかすかな唸りが
海を飛んでゆく耳鳴りのようにおもえた

おれたちの夜明けには
疾走する鋼鉄の船が
青い海のなかに二人の運命をうかべているはずであった
ところがおれたちは
何処へも行きはしなかった

安ホテルの窓から
おれは明けがたの街にむかって唾をはいた
疲れた重たい瞼が
灰色の壁のように垂れてきて
おれとおまえのはかない希望と夢を
ガラスの花瓶に閉じこめてしまったのだ
折れた埠頭のさきは
花瓶の腐った水のなかで溶けている
なんだか眠りたりないものが
厭な匂いの薬のように澱んでいるばかりであった
だが昨日の雨は
いつまでもおれたちのひき裂かれた心と
ほてった肉体のあいだの
空虚なメランコリイの谷間にふりつづいている

（第一、二連）

「おれたちの夜明けには　疾走する鋼鉄の船が　青い海のなかに二人の運命をうかべているはずであった　ところがおれたちは　何処へも行きはしなかった　安ホテルの窓から　おれは明けがたの街にむかって唾をはいた」という一節は不適応な魂の象徴の核といってよい。女性と二人で、自分は鋼鉄の船に乗ってどこか知らないが運命をうかべて行くはずだった。しかしじぶんたちは繋がれていた。じぶんたちができたことは汚れた運河をひいた港町の繋船を仕立て直した安ホテルで一夜をあかして、それで夜明け方に、懈怠と虚無にさいなまれて、窓からつばを吐いた。それほどのことしかできなかった。じぶんもその女も浮かべられた鋼鉄の船に泊ったままどっかへ出航したい、そういう運命を信じたかった。そういうふうにすっきりと生きたいのだ、しかし、じぶんたちが対面した現実は眼に視えない柵のうちに繋がれていた。じぶんたちは願いながらも、繋船ホテルに泊まって一夜を明かし、何ともいえない虚無感を胸にいっぱいにして、ホテルの窓からつばを吐くくらいのことしかできなかった。詩はそういう体験を語っている。じぶんが戦争でくぐった世界が〈強者〉の論理が支配していたとすれば、その思想を闇をさまよいながらくぐるようなくぐり方をしたのなら、戦争が終った時じぶんたちには、すばらしい戦後の世界が展けるはずであったのだ。しかし現実にそういう体験をへてきてみると、そのすばらしい戦後の世界というものは、ちっともすばらしく感じられなかった。じぶんの中に解放の実感がやってこなかった。内面にあるものは出発を禁じられて、いわば虚無の懈怠にさいなまれ、それで女と一緒に安ホテルに泊まるということくらいしかできなかった。それは戦後の出発におけるじぶんの現実であるし、戦後の日本の社会が出発した時のほんとうの社会の動き、状況の核にある現実であった。そういう矛盾に遭遇した内部の体験を、この詩は典型的に表現している。個の戦後体験の始まりと戦後社会の始まりとをいわば、二重に重ねて映しだしている。社会を表現し、じぶんを表現し、じぶんの内面を表現する暗さと混迷をひとつにしている。

空は
われわれの時代の漂流物でいっぱいだ
一羽の小鳥でさえ
暗黒の巣にかえってゆくためには
われわれのにがい心を通らねばならない

（第一連）

これは田村隆一の「幻を見る人」の一節だが、これだけで田村隆一のいわば感性的な戦後の始まりが象徴される。「空」とはもちろん戦後の空であり、戦争をへて来たのちも空は上を見ればみえる。何一つない澄んだ青空であり、何一つ障害物のないような空である。じっさいにはその空はちっともあおくなかった。それは「幻を見る人」つまり幻影を透視する目をもっている人ならばすぐにわかることだがその青い空に目にみえない形で、何かわからないが漂流物がいっぱい漂っていた。それを澄んだ青空とみたひとたちはたくさんいるだろう。だがみえないものをみる目でみれば、そこにはいっぱい戦争の時代の障害物が漂っている。ほんとうは一羽の鳥でさえもその空を過ぎるとき人間はもちろんのこと空に漂っている漂流物にぶつかり、それをよけたりそれで傷ついたりして飛んでいかなければならない。それがじぶんの心を横切っているほんとうの問題なのだ。わが心をよぎっていく問題は一羽の鳥でさえ、それをさけることができないいわば壁のようなものだ。漂流物、それは空にいっぱいにある、それを青空、澄んだ青空としてみるひとは、いわば目にみえるものしかみることのできないひとであって、目にみえないものさえみることができるそんな人間ならば、そういう空にいっぱい戦争の漂流物が見えるはずだ。鳥でさえそれにぶつかりながらしか飛ぶことができない。そういういい方で戦後体験の〈はじめ〉といったものが詩につなぎとめられている。〈強者〉の論理をくぐってきた魂が〈弱者〉の論理に入るときに軋みを発している。これは不思議な体験だ。罰する外部が崩壊したときに、かえって内部が罰しようとする。外部の崩壊が解放だとすればこれは不条理である。けれどはじめての不条理を実感しながら戦後の出発をしなければならなかった最初の詩の表現は、そう存在した。これらの戦後詩人たちは現在なにをみているか。目にみえない青空、その中の目にみえない漂流物、障害物を依然として透視しているかどうかわかりにくい。しかし出発のところで戦後詩が表現したものは、これらのすぐれた詩人たちの、すぐれた作品のなかにある動勢のまま定着されている。こういう詩に、はたしてもうすでに通過してしまった一時代しかないのか、あるいは現在も依然として存在し、これからあとも存在する時代がふくまれているかどうか、深く落着いて感受するに価する。喰わず嫌いにならないですこし心をひらいてみれば、それはじぶんのことにどこかで接続するであろう。それはかつて立原道造も中原中也も、そして三好達治も表現したことはない詩の空間であった。あるいは外圧の強いあいだだけ存在し、瞬間の時代に消えてしまうかもしれぬものであった。強いていえば日本の近代詩はかつて、一度もこの詩の空間を定着したことはなかった。それを戦後詩人は初めて実現した。取っつけば決してむつかしい世界でもないし、また局所的な世界でもない。またじぶんの私的な感性といったもの、あるいは文学的感性といったものから遠いものでもない。最初の障害を突破すれば、これもまた誰もが読むに価する詩ではないのか。いいかえれば体験してきた体験ではないのか。

戦後詩はどこへいってしまったのか。戦後すでに数十年たっている。戦争とはぜんぜん関係ないところで生れ、そして育った人々が、社会のうねりの大部分をつくるように成熟している。こんな戦争は遠い物語とかんがえる感性は市民権を充分もっている。戦争の体験をあんまり固執することは祖母とか祖父の世代が、日清日露戦争について語った虚構や誇張と同じものを繰り返しているといった側面をもっている。願望が歪め記憶が美化し、いつの間にか似ても似つかぬ戦争や体験に変形されたりするからだ。すべての未体験のなかには既知の繰返しが包含されるのと裏返しの関係にある。エネルギーと追求欲があるところで、ただ詩として読まれそしてあるときじぶんの貌とひきくらべられればいいのかもしれぬ。

戦後詩の始まりに象徴された詩的体験は平穏な日常生活に必然的に入っていった。犯罪人が留置されるときの平穏ではなく、高い塀冷たいコンクリートから外へ解放された平穏はどうして可能か。今日も勤めにいって働き、そして少しもかわりばえのない働き方をしてずうっと生きなくてはならない。その過程には生命にかかわる出来ごとも少ないかわりに、面白ろおかしいことなんかすこしもない。そういう忘れてしまったような生活の型を詩人たちは、市民として今日もくり返し、明日もくり返しやらなければならない。嫌ならば死ぬよりほかない。死なないならばどこかでくり返しやっていかなければならない。これは不思議な体験ではないのか。それとも戦争が生活未熟な青年の層にだけ強いた残酷な切断手術であった。面白ろおかしくも何ともない体験として受け入れたときにどうしても、日常性をどういうところで受けとめどう処理するのか、ということが生じてきた。戦後詩はそういう課題にさらされていった。そのときに詩人たちはどういうように、その変転してゆく場面をとらえたかということが、現在にまでつながっていく。また戦争もなくしたがってことさら戦後という呼び方もいらないで現在詩を書き、あるいは詩に関心をもっている人々とつながっているようにおもえる。

鮎川信夫の「戦友」という詩をみてみる。あるとき戦争体験を一緒にした戦友の同窓会みたいなのが行われる。

なあ戦友　なぜ黙っている
まっすぐこちらを見ながらおまえは何も見ていない
すべての秩序が眼の高さにあればいいといった
安全への愛　怠惰への退却
妥協の無限の可能性をたよりに
それがおまえの獲得した一切なのか

あさましい利害関係のなかでたたかいながら
口真似のうまいおまえの仲間は
たぶん時代がわるいんだろうと異口同音に歌う
さびしい酒場の女たちを相手に
水が酒に　欲望がもっとたくさんの浪費にならないとこぼしている

かつて戦争の中で生死の境を一緒にくぐった、そういう生命の極限の体験をした戦友たちが、すでに戦後何十年かたって再会してみる。皆が怠惰を愛し、日常の利害を愛し、それで妥協を愛し、そしてあらゆることが無事平穏に、じぶんの目の高さと同じような問題として、みんなよくみえてわかっているといったことになる。そういう安逸な日常とそれを許している社会だけを望むようになっていた。不都合な出来ごとがあるとすれば、〈そいつは、時代がわるくなったなあ〉と嘆声をあげればすんでしまう。何が関心のあるところかといえば水が酒になりゃいいと思うし、自分の欲望をみたすだけ消費がたくさん、じぶんの手の届くところにまわってくればいいということだ。体験とは真底から過ぎ去ってもとに戻らないことの別名である。あるいは移ろい易いということ自体だ。それを呼びにやるのは記憶と美化の必要だけだ。そう云ってしまえるような何かが体験にはある。戦争を、女を、社会を体験したことのない者たちよ。体験者などというものを畏れたり尊重したり反感をもったりすることはいらない。革命を、闘争を、政治を体験したことのない者たちよ。それの体験者を畏れたり尊重したり美化したりすることもいらない。現在なにものであるかも、かつてなにものであったかもほとんど無意味にちかいことなのだ。人間はすぐに変貌できるし、そうなれる存在だ。崇高が堕落し易いのではない。堕落できるような崇高はもともと崇高ではなかったのだ。いかにそうみえても。体験がそれを体験したことのあるものを駄目にする面と、魂を落着かせるまでに体験しうる面とをもっていることを識知することだけが何かだ。鮎川信夫のこの「戦友」という詩は一種の冷たい目で諷刺している。じぶんの中にある戦争体験の核がじぶんの中に持続していて、持続しているじぶんの体験の核のようなところからみると、すでに生死の境を一緒にくぐったそういう人間たち、あるいは人を殺したこともある、そういう人間たちが、そんなことはケロリと忘れた、そういう無気力、怠惰を愛する人たちになってしまっている。それを冷たい目でつき放して描いている。戦後の始まりの体験は鮎川信夫には現在も心のどこかに失われないで持続されている。

こういう関心の持続に欠落があるとすれば、今日も働き、明日も勤めにゆき、あさっても妻子と共に生活し、というような、いわば日常生活のくり返しの中でしだいに、かつて極限の体験をした人間が、狃れていってしまうことに対して、一種の深い批判を蔵していること自体に内包されている。

人間の価値観を、個の生涯の問題としてとらえた場合には、生き方の基本はそういう生きざま自体の不様さにおくよりほかにない。そしてそうであるにもかかわらず、個々の人間は大なり小なりそういう生きざまから逸脱せざるを得ない。これはけっして自慢にもならなければ好んでできるものでもない。ただ不可避的にそういう基準、規範から逸脱せざるをえない。

日常生活の安逸さ、怠惰さに馴致してしまった、そういう人間たちをつき放していわば諷刺としてしかみえない、ということはひとつの価値観だが、わたしのかんがえ方は転倒している。人間の最も価値ある生き方というのは、怠惰に、安逸に、そして今日も無事に明日も無事に、そして生き、そして死ぬということにあるとおもえる。戦争を凄いことだとおもうのも嫌だし、戦後の平穏を安逸とおもうことだって嫌だ。わたしたちが戦争で得たものはある極限の体験ではなかった。体験としてみれば思量の領域の拡大ということしかのこらなくなってしまった。あとは皮膚のしわや眼つきの悪さや、軍隊の悪癖とか、がつがつ食事したがる飢えの記憶のマナーなどのうちに消滅してしまったのだ。

人間の生涯は今日も生き、無気力に勤めに出かけ、また帰ってきて、といったふうな生きざまの中に、本当は内面的な地獄といったものも、極楽といったものものもみることができなければ、どうすることもできない。日常性の中に地獄をみることができない、つまり生死の境をみることができないような思想はおそらくは無駄だ。鮎川信夫の記憶の中には、戦争のいわば生死の境をさまよった、そういう体験の持続というものがある。けれどほんとうに生きているのは拡大された思量の幅ではないのか。茨木のり子に「花の名」という、ここ数年の間にかかれた詩がある。その一節をあげてみる。

「はっはっはっは」
　わたしは告別式の帰り
父の骨を柳の箸でつまんできて
はかなさが十一月の風のようです
　黙って行きたいのです
「今日は戦時中のように混みますね
お花見どきだから　あなた何年生れ?
へええ　じゃ僕とおない年だ　こりゃ愉快!
ラバウルの生き残りですよ　僕　まったくひどいもんだった
さらばラバウルよって唄　知ってる?
いい歌だったなあ」
　かつてのますらお・ますらめも

だいぶくたびれたものだと
お互いふっと眼を据える
吉凶あいむかい賑やかに東海道をのぼるより
仕方がなさそうな

この詩人の「根府川の海」がはるか数十年の歳月をへだててこの作品に呼び出されている。戦後早く東海道の汽車に乗って根府川の海のほとりを通った時に、友だちの中尉さんとの恋の話をきいてのり合わせた。「溢れるような青春を」リュックサックにつめこんで、動員令をポケットに「ほっそりと　蒼く　国を抱きしめて　眉をあげていた」女子学生の詩人は、いまそのとき兵士だった年代の男と列車に乗りあわせる。ふところにするのは平穏の「くたびれ」である戦後の歳月だ。語りあうことはじぶんはラバウルの生き残りで、それであの時は辛かったなあ、という思い出でしかない。戦争中歌われた「さらばラバウルよ」って歌があるが、ありゃいい歌だったなあみたいなことしかいえなくなっている。戦場や兵営をくぐった人々が集まってももうすでに戦争も体験も同窓会の気分になりはててしまった。かつては戦争に献身した少女であった、じぶんもだいぶくたびれてしまったという自嘲めいた自己限定がこの詩の素性を明示している。詩人のなかに戦後の始まりと自己固化したい羅針器が働いている。じっさいは今日夜が明けてから生活することと明日また眼がさめて生活することとは異うことだ。昨日の宿題が今日に持ちこされることもあるし、また今日を超えて明日に持ちこされることもある。持ちこされた宿題がもし歳月で数えられるほど積もれば、あるいは生活の宿命になるかも知れない。ただどんなに未解決のままに持ちこされようとも、それに対して自覚的であろうとするときに体験の意味が蘇えってくる。戦争のときに戦争のように、平和のときに平和のように生活を組み替えることになんの不思議があろう。詩人もまたすべての人々とおなじようにそうするし特別なわけではない。ただ宿題を課せられた度合と質とが戦争と平和の継ぎ目のところで異なってあらわれただけとも云えた。「かつてのますらお・ますらめ」は特別な意志と特別な強大な信念とをもっていた存在をさしていない。ごく何でもない人々の異常な状態が「ますらお・ますらめ」と呼ばれただけだ。ただ詩人の微かな自己同一性がここに固執されているといってよかった。

だれもがおなじように戦後に生きてきた。ただすでに青年を過ぎようとして戦後を迎えたのか、乳呑み児や幼児として戦後に入ったのかがちがうだけだ。自覚的な生活過程のなかに戦争の影が無かったとしたらどうなのか。それが感性の質に変化をもたらしているとすれば、生活に入りこんだ歴史のニュアンスともいうべきものであろう。

長田弘の「愛について」という詩の一節だが

くちびるのうえに懸けられた
無名の世界にむかって
沈黙し、さけび、みずからの
重みのかかるほうへすこしずつ足を踏みだしてゆき
ついに行為そのものになってゆく、

それがたとえどんなにぶざまなことであるにしろ。

もう日常性しかない。そこでは生死の境がみえ、歴史が露骨にじぶんを包みという体験なんてありようがなくなっている。そういう現在をどう生きていくのか、それはわからない。卑小なことがらにかかずりあい生きていくこともあるし、自分にかかわらない出来ごとに佇ちとまってかんがえこむこともある。しかしいずれにしろ自己体験を深めていくとか、それを思想化していくというふうな時間はもうありようもなくなってしまっている。そういうものは喪失してしまっているし、そんなものは抱えこみようがなくなってしまっている。いずれにせよ日常の場における行為そのものがいわば自我なんだ、あるいは日常の行為の響きあいから逆に自我を割り出すという生き方をするよりいたしかたがない。それはどんなぶざまにみえようと、そういうふうに生きるより仕方がないようになってしまっている。日常ぶつかるさまざまな出来ごとに行為そのもののように〈もの〉として揺ぶられ、動かされ、そして行為そのものが自己であるというような生きざまよりほかいたしかたがなくなっている。それはたいへん現在的な体験の仕方だ。そこがとらえられているようにみえる。たしかに現在人々は行為そのものの差異によってしか自他を区分けすることができないのではないか。

吉増剛造の「燃える」という詩の一節に韻律と化する自我という情況の暗喩がある。

ぼくの意志
それは盲ることだ

太陽とリンゴになることだ
似ることじゃない
乳房に、太陽に、リンゴに、紙に、ペンに、インクに、夢に！　なることだ
凄い韻律になればいいのさ

長田弘とは別な意味合いで、〈もの〉そのものになってしまうより生きざまもなければ倫理もない現在の感性を言葉にしている。詩もまた成就された意味を構成し、意味ある思想にまで定着させることはすでに方法として不可能にちかくなっている。それゆえにただ韻律そのものと化すればいいんだ。詩はじぶんが太陽であり、ペンであり、インクであり、夢であり、そういう〈もの〉そのものであればいい。詩は言葉のラッパ飲みなのだ。もしそれが意識の配列と秩序に叶うことがあるとすればただ呼吸の仕方にあるはずだ。息をつめて持続するところと息を継ぐところに韻律が生理のようにあらわれる。それが自我だといえばそう呼んでいい唯一の要素だ。これは詩そのものであるとともに詩法の説明でもあるものなのだ。積極的な主張か、消極的な象徴としてやむをえずそういう方法をとらざるをえなくなっているのかは別として、たいへんよく吉増剛造の詩じたいになりえている。現在の状況がもっている根本のところに詩がふれる仕方をあらわしている。ふれている状況がいいのかわるいのか、ふれている仕方がいいかわるいか問われえないが状況そのものにふれている。

渡辺武信の「名づける」という詩に「あけてくる朝のかくしている　さけられない希望　それがぼくたちの不幸のはじまりだ」というのがある。今日も無事平穏、たぶん明日もあさっても無事平穏、

そういう日常性のくり返しを強いられていることにどうやって適応するのか。なにごとも不幸でないし、凶事でもない。命を奪われることもおこらない。そういう生きざまを希望だとすれば、避けられない希望だ。つまり向うから配給されてくる。つまり現実の秩序が配給してくれる希望なのだ。希望だといえばそれは希望かもしれない。その希望は向うから不可避的に配給されるものでじぶんが望み、苦心して手に入れたものではない。ただもう不可避的にそうせざるをえないからそれを生きざまとしているにすぎないものだ。そういう日常の中に生きている。不幸としかいいようのない希望あるいは、希望としかいいようのない不幸だ。これは戦後詩の体験の終結宣言のようにもかんがえることができる。終りとは現在性にほかならない。たぶんすぐれた詩人たちの詩の中に大きく切実に潜在している。

修辞的な現在

1

戦後詩は現在詩についても詩人についても正統的な関心を惹きつけるところから遠く隔たってしまった。しかも誰からも等しい距離で隔たったといってよい。感性の土壌や思想の独在によって、詩人たちの個性を択りわけるのは無意味になっている。詩人と詩人とを区別する差異は言葉であり、修辞的なこだわりである。こういう事態をわたしたちはかつて昭和の初年にモダニスムの詩人たちにみることができた。かれらはサラリーマンであり、教師であり、非個性であった。生活から得た思想によって詩作品を測ることの無意味さはかれら自身の詩論、たとえば西脇順三郎の『超現実主義詩論』によって言明された。このことによってかれらの詩が時代の感性のネガチヴな受容器であることが云われたのである。かれらの言語はただ時代の共同性であった。詩が散文とおなじく没個体的でありうることをしめした。けれどもこれらの没個性の詩はただ流派あるいは部分的な傾向としてしか成立たなかったのは、他の傾向が流派あるいは傾向としてしかあらわれなかったのと同様である。

戦後詩の修辞的な現在は傾向とか流派としてあるのではなく、いわば全体の存在としてあるといってよい。強いて傾向を特定しようとすれば〈流派〉的な傾向というよりも〈世代〉的な傾向とでもいえばややその真相にちかい。だがほんとうは大規模だけれど厳密な意味では〈世代〉的ですらない。詩的な修辞がすべての切実さから等距離に遠ざかっているからだ。どの詩人がどの場所に佇っても詩的な修辞は切実さの中心から等距離に隔たってみえるのだ。この修辞的な現在も源泉が求められないこともない。

たとえば清岡卓行が「愉快なシネカメラ」で

かれは眼をとじて地図にピストルをぶっぱなし
穴のあいた都会の穴の中で暮す

（清岡卓行「愉快なシネカメラ」）

こう表現したときに、すでに戦後詩の修辞的な彷徨は開始されたのではなかったか。詩人は都会のアパートやマンションの四角な窓の奥に、構えられた画一に四角い穴のような部屋つづきに生活している。おなじように背広やネクタイをつけ、おなじ時刻に鞄をさげて出かけて、同じ時刻に帰るかもしれない。かれがどこに勤め何をして働きどういうふうに生活の資を得ているかは隣人さえも無関心でいることができるし、無関係であることもできる。穴のなかにひそんでいるような気楽さと誰もがおなじ貌をしおなじ服装をしていて、ある日ふと自分と不特定の他人とそっくり取替えても不思議におもうものはいないかもしれない危惧や畏れもつきまとっている。鳥瞰的に視るか穴の内壁しか視ることができない生活の場所からどうして自分と他者とをわかつことができよう。この日常性はその街の地図の任意の場所に、玩具のピストルで孔をあけてその穴の中で暮すという暗喩にもっとも適切に表現されるのではないか。詩人は「眼をとじて地図にピストルをぶっぱなし」その穴のなかで暮すという言葉の着想をいくらか興がって弾んでいるようにみえる。だが戦後詩の社会が一枚の地図として、あるいは一枚の地図のように画一な架空の場所として、詩の言葉、その修辞の紙に描かれることの宣言だったとみなしてもよい。幼児が玩具の動物や人形に、あたかも生きた動物や人間に語りかけるように語りかけながら遊んでいるのを視てそこに入り込めないという感じが幼児への愛しさの根源であるとすれば、地図にピストルで穴をあけてその穴のなかで生活するという表現にたいする驚きの根源には〈生活を個性的な構造をもったものとして把みえなくなった〉そういう意味では生活に入り込めなくなった感性的な体験が横わっている。

2

詩の言葉を個々の体験の深部からでたものではなく、むしろ生活を個別的なものとして入り込めなくなったための表出としてみるとき、無限に多様におもわれる詩の修辞的な現在は、生活の別個的な構造に〈入り込めない〉ことを規準にいくつかの類型にわけられよう。

かれは朝のレストランで自分の食事を忘れ
近くの席の　ひとりで悲しんでいる女の
口の中に入れられたビフテキを追跡する
（清岡卓行「愉快なシネカメラ」）

しかし　かれは日頃の動物園で気ばらしができない
檻からは遠い　とある倉庫の闇の奥で

剥製の猛獣たちに優しく面会するのだ
（清岡卓行「愉快なシネカメラ」）

そしてかれは　濁った河に浮かんでいる
恋人たちの清らかな抱擁を間近に覗き込む
（清岡卓行「愉快なシネカメラ」）

かれは夜　友人のベッドで眠ってから
寝言でストーリーをつくる
（清岡卓行「愉快なシネカメラ」）

ここでは詩人清岡卓行の個人的な資質をみきわめようとするのが目的ではない（いやおうなしにその特質がみつかるとしても）。詩を修辞的な差異としてみているのだ。これらを類型づければ〈否定的な意味〉の脈絡をつくることによって言葉の角を曲がっている、曲がる姿をみせる、あるいはみせる彼に詩的な体験の意味が逆に籠められる。かれが朝のレストランでするのは他人の食事でじぶんの食事ではない。動物園で生きた動物たちの生態に慰さむのではなく「倉庫の闇の奥」で、死んだ「剥製の」動物に慰さむ。とうぜん在るべき修辞的な脈絡のなかに日常性の意味が生まれるとすれば、その脈絡を〈否定〉することによって生みだす〈空無〉が日常生活の意味になっている。あるいは〈否定〉によってつながる脈絡ということが日常的な体験の意味である。「濁った河に浮かんでいる　恋人たちの清らかな抱擁」も、「友人のベッドで眠ってから　寝言でストーリーをつくる」のも不在の自己の〈否定〉的な脈絡に言葉を投じるとき体験される感性的な体験の意味をもっている。このような言葉の体験へのたしなみが詩人にとってなにを意味するのかは詩人論に属していよう。そこには消え入りたい優しい情操のようなものがあるひとつの色あいとして存在しており、この詩人がいつも垣間みせる含羞の質につながっている。

詩の修辞的な可能性をもっとも極度にまで拡大してみたい欲望がゆきつくとすればどこだろうか。この欲望は修辞的な自然あるいは修辞的な宇宙を獲得しようとする無意識な欲求に根ざしている。言葉が規範のうえにしか成りたたないことがあたえる拘束感は、社会が自然のうえに成り立っていることにくらべてはるかに重苦しいものだ。いったん言葉を〈書く〉という体験に深入りしたとき意のままにならなかった記憶は修辞的な生涯を決定する。表現は強いて造りだそうとせず、みつけ出されるまでまつのだというのは修辞的な詭弁で、どうかんがえようと〈書く〉という体験ではじめて言葉は人間にとって自由なものでないことを実感することにかわりはない。このときに言葉がもしも自然のように完備(コンパクト)にそこに在るものとなしうるなら、という願望がおこるのは当然である。そしてこの願望が現実の生活体験にもはや個別的に異った構造があることを認めようにも認めがたくなった詩人たちからはじまるのも当然であるといえる。このようにしてまず意味の脈絡を変更することによって言語の規範に異を立てようとする。そして異議はやがて規範の拡大につながることは予め詩の与件となっている。

言葉は自然のようにそこに在り、ただ拾い上げるか捨てるかが問題なのだ。そうならば詩はただ無形の〈撰択〉に属する。このかんがえをさまたげるのは〈意味〉の流れが言語の掟てをふみ外すと〈意味〉が流れないことである。だがこれも疑う余地はある。ひとつは言語の歴史的体験という考えを否定すればよいのではなかろうか。言葉の約定とか習慣とかを時間が累積してきた経験の結実とかんがえずに、人間が現実的に自由に生きられないために生じた因習、いぢけた精神の萎縮として解すればどうか。すくなくとも言語はふつういう〈意味〉の流れからは解放されるはずである。こういう意味で超現実主義の無意識と自働記述とは言語の歴史体験を現存性の深層構造におき代える非歴史化作用にほかならないといえよう。そしてその限界のところには〈不可能〉を可能なように表現しようとする動機がおかれる。いわば〈不可能をする〉ことによって言語の意味の日常性から脱出したいということである。もちろん〈不可能〉の意味は文法上の意味構成の〈不可能〉からはじまって、観念上の限定〈不可能〉な作用の領域にいたるまでさまざまでありうる。ただ深層からする言葉の解放と意識の持続であることだけを信じて不定の表出にかけることになる。

そして皮膚の裏側のような海面のうえに　かれは
かれの死後に流れるであろう音楽をきく

（清岡卓行「子守唄のための太鼓」）

なにげなく　空気の乳首を嚙み切る

（清岡卓行「子守唄のための太鼓」）

一人は森へ鳥の姿でかりうどを迎えにゆく
一人は川へ魚の姿で女中の股をのぞきにゆく
一人は街から馬の姿で殺戮の器具を積んでくる

一人は死んでいるので鐘をうつ

（吉岡実「僧侶」）

まえのほうが〈死〉にまでいたる〈性〉的な調和（の願望）を、あとのほうが〈性〉的な不調和の傷をうたいあげているようにおもえる。見かけ上詩人たちが試みそして優れて成功させていることは、修辞上の〈意味〉を流通させながら、その〈意味〉が現実上の〈不可能〉を実現させていることだ。事象の実現が不可能なのではなく〈不可能〉を実現させているのだ。このふたつはちがうことである。実現できる可能性のある事柄をうまくやれないために中途で座礁させたということと、先験的に実現不可能な事柄を表現のうえだけで実行していることのあいだには、言葉と体験とをしゃ断するかどうか意志のちがいが横わっている。

ほとんど無限にありうるような修辞的な類型のうちから任意の数行ずつをとりあげているというつもりではない。詩人たちが強いられている精神がいくつかの原型に集約されてゆく必然を探りたいのだ。「皮膚の裏側」は詩人にとって「地図の穴」とおなじように調和した静穏な場所でありそこで、一枚のレコードよりも薄い生活の日常性が存在している。空気はやさしい女性の裸形をかくしている曲線のように動いている。あとの詩人もかなり明晰な意志で言葉を択んで変身しようとする。そこには黒い執念すら感じられる。経験も定着したいし言葉の構成もやりたいのだがそれらを、容認したくはないのだという姿勢が言葉をつくらせている。言葉は感情や情緒のこより糸のようなものだ。ただ何に使うのか何に使えるのか使途の不明さだけはかたくなに護ろうとしている。

これらの詩人たちの〈海〉や〈生きもの〉や〈死〉はアンドレ・ブルトンの態度とはちがう。日常の生活体験への嫌悪が、持続性をもった出来事のすべてへの嫌悪をひきおこし、それがあらゆる緊張の緩和への嫌悪を伴奏してゆく内的なモチーフが、修辞的な日常性の描写を嫌悪することに繋がれてゆく。そういったものはこれらの詩人たちにはほとんどない。むしろ現実的体験と修辞的な体験の現実性とを無関心の関係に隔てようとする意図があるようにおもわれる。生活の日常性にたいする嫌悪のようなものはまえの詩人にもあとの詩人にもない。ただ日常の体験に繋がってゆきそうな修辞的痕跡を避けて姿をくらまそうとする無意識の欲求はありそうにおもえる。また現実の体験の棘をむしろ棘としてとられないように修辞的におきかえる感性に動かされている。

私は生の連続性というものについて、きわめて変りやすい観念を持っているので、自分の銷沈や衰弱の時を最良の時と同等視するわけにいかないのである。感動がとだえたときには、沈黙してもらいたいものだ。なお、私は独創性の欠如を独創性の欠如のゆえに咎めるのではないということは十分に理解しておいてほしい。私はただ、自分の人生のなかの空しい時は尊重しないということ、そして、どんな人の場合にも、そのようなものだと自分に思われる時を結晶化させることはなすべきことではないかも知れないということを述べているのである。この部屋の描写のごときは、その他の多くの描写とともに、素通りさせてもらいたい。

（A・ブルトン『シュールレアリスム宣言（一九二四年）』森本和夫訳）

この部屋の描写というのは『罪と罰』の主人公が通された部屋の、壁紙や窓の鉢植やカーテンや調度や壁掛けの絵などを描写した個所を指している。ありきたりの描写本質とかかわりなく作中でやられているのは時間の無駄使いだというのがブルトンの主張である。こういう主張は主張するものの根柢に現実嫌悪や慣習に堕して生活することへの否定がなければならない。Ａ・ブルトンが公然とかくしていないのはこのことである。修辞的な主張はどんな前面におしだされていても二次的なことなのだ。朝起きて顔を洗い歯をみがきました。それから……といった描写を苛立たしい精神はつねに拒否するだろうが、この種の無駄な言葉は〈書く〉ことによって描き出される世界にとっても余計なものであるかどうかはわからない。まして生存の必要で充分な条件のなかに這入ってくるのは、ほとんど朝起きて、顔を洗い歯をみがいた式のものとなるにちがいない。これを否定することは日常性、思考の習慣性、体系、論理の整合性にたいする否定とつながってゆく。また当然に政治的な現状その宗教的な秩序、社会の組織にたいする絶えまない否認の思想につながっていた。

けれどわが国の戦後詩は生活の現実の場それ自体に〈意味〉をうしなったところから発しているといったほうがいい。〈意味〉があるにしろないにしろ、弛緩した瞬間などを言語にしたくないというブルトンの主張とは異っていた。現実の場から修辞的な場へ〈意味〉を移しかえようとする無意識の願望につらぬかれていた。言語の本来的な〈意味〉のほかに修辞的な〈意味〉をつくろうとするものの行方というところで多様性がかけられている。

四人の僧侶
井戸のまわりにかがむ

洗濯物は山羊の陰嚢
洗いきれぬ月経帯
三人がかりでしぼりだす
気球の大きさのシーツ
死んだ一人がかついで干しにゆく
雨のなかの塔の上に

（吉岡実「僧侶」）

さびしい裸の幼児とペリカンを
老人が連れている
病人の王者として死ぬ時のため
肉の徳性と心の孤立化を確認する
森の木の全体を鋸で挽き
出来るだけゆっくり
幽霊船を組立てる
それが寝巻の下から見えた
積込まれたのは欠けた歯ばかり
痔と肺患の故国より
老人は出てゆく

（吉岡実「老人頌」）

いつつぎの言葉を紡ぎ出せなくなるかも知れない。その不安をかろうじて〈不協和〉な音色を発する形象につなぎあわせてゆく孤独さが滲んでいる。詩人の孤独さをそれ以上の意味でいうには、形象と形象との連なりの任意性がおおきすぎる。あるいは形象の秘教性が大きすぎるといってもよい。四人の僧侶の黒衣と無言の動作、洗濯場で異和物を洗い、喜んだ一人が異常な大きさの白布を階の塔に干しに出かける形象はそれだけの意味しかないのだが、それ以外では絶対にありえない〈純粋状態〉のイメージを与える。自由の感じも流露する感じもない半ばよそに貌をむけたままの病気の老人のイメージに、しっかりした精神の小道具を与えようとするところに孤独で乾いた心像がつきまとってくる。詩人自身が四人の僧侶の洗濯場のイメージがどこへゆくのか知っていないし、なぜそこに形成されたのかを知っているわけではない。〈不協和〉な光景を紡ぎ出そうとする衝迫力がつくりだした砂漠の遺跡のなかのような一こまの風景なのだ。また病人の老人は固疾から蟬のようにそっくり抜け出したいという願望の形で定着されなければならない。それだけが修辞上の至上命令である。

3

つまり、或る晩、まさに眠りに入ろうとする前に、私は、そのなかの一語たりとも変更することはできないほどはっきりと発音され、しかも、それにもかかわらずいかなる音声からも分離された頗る奇妙な語句を感じ取ったのである。その語句は、私の意識の認めるところによれば、そのとき私がかかわり合っていたさまざまな出来事の痕跡をとどめることなしに私のところへやってきたものであり、私には執拗なものに思われ、あえて言うならば、窓ガラスをがたがた叩く語句であった。私はすばやくその観念を手に入れ、そして、さらに先へ進もうという態勢になっていた。そのとき、その有機体的性格が私を引きとどめたのである。実際、この語句は私を驚かせた。残念ながら、私はそれを今日まで覚えていないが、それは、なにかしら「窓によって二つに切断された一人の男がいる」といったようなものであった。ところが、それは曖昧さによっていためつけられることはありえないのであった。それというのも、それには、身体の軸と垂直な窓によって中程の高さのところで輪切りにされた歩く男という、ぼんやりとした目に見える形象が伴っていたのだからである。あきらかに、これは、窓から身を乗り出している男の上体を空間のなかで引き起こしてみただけのことであった。けれども、その窓が男の移動とともに動き出したのを見て、私は、自分かかなり珍しい型のイメージを相手にしているのだということに気がつき、すぐさま、それを自分の詩的構築の素材に組み入れようという考えを強く抱いたのである。私がそれにたいしてこのような信頼を寄せるやいなや、さらにさまざまな語句がほとんど途絶えることなく引続いて湧き出したのだが、それらもほとんど前のものに劣らず予期しない思いを私に抱かせ、きわめて勝手気ままに出てくるものという印象を私に与えたので、それまで私が自分自身にたいして加えてきた統制力などは空しいものに思われ、もはや私は、自分のなかで行なわれている際限のない争いに終止符を打つことをしか考えなくなった。

（A・ブルトン『シュールレアリスム宣言（一九二四年）』森本和夫訳）

修辞的にのみいえば「窓によって二つに切断された一人の男がいる」という概念的な就眠時の夢の言葉と「その窓が男の移動とともに動き出した」形象とが結びつけられていることがもっとも興味をそそる。ブルトンが語りたいほんとうに重要なことは「窓によって二つに切断された一人の男がいる」という〈不可能〉な概念をはっきりと夢みた心的な状態が確実に在りうるということであった。なぜありうるかはさしあたってわからなくてよい。それをじぶんの半意識が識知したことは体験の統一性においてこの概念的な〈不可能〉と、言葉の記述の有意味性とは結びつくことができることを意味していた。つまりただの無意味ではないという明晰な言葉の体験であった。

　ほんとうは概念的な意味の〈不可能〉と言葉の記述の有意味性とを結びつけているものはなにか確定的に云えない。形骸のようにのこった記述の習慣性がたまたま夢の形像と結びついたのかもしれないのである。あるいは本来は形像だけで出現すべき夢が、修練上概念的な発語の夢に補助されてあらわれたと云えるものかもしれなかった。けれどこの体験は記述の心的な状態をできるかぎり意志的に半意識の状態に近づけることによって再現と繰返しが可能であった。これが言葉の表現領域の拡大に万人が参加する方法を創りだしたことになった。言葉の遊戯から秘戯にいたるまでの。〈遊戯〉から〈概念の自然〉へというのが戦前のモダニスムの過程とすれば戦後詩の現在は〈概念の自然〉から〈概念の概念〉へというところに著しく置かれているといえようか。

ハードボイルド

おびただしいメロドラマが気泡のように
たえず拡大しながら上昇しつづけるぼくたちの都会でも
世界の深さは時に誘惑的だ
おびえる暇はほとんどない
はげしく香る風は奥深くから
きらめく花粉を含んで立ちのぼり
きみをすばやく失神させる
なかばひらかれたきみの唇の後で
熱い舌にためされた記憶は急速に発酵し
苦痛とあまやかさが入れかわりながら泡立ちはじめ
輝く陶酔の卵はそこでかたゆでになる

ふりむかなくても
きみは知ったにちがいない
スポーツカーのボディのように
ただ輝くためにみがかれた陶酔の表面に
ぼくたちのつつましい快楽の姿態が
のこらず映しだされ　それが時々

死者のように　ぼくたちを見つめるのを

見えない軍隊を迎え入れるように
晴れ上った日曜日を埋めつくしてはためく
おびただしいシーツよ　しめったおしめよ
すてきなストッキングよ
だれよりもワイセツなワイシャツたちよ
ぼくたちのつかれはてた視野に　投げてくれ
色とりどりの花を罠を

どんな繊細な恋や戦争よりも非情な
ぼくたちの想像力によって
くりかえし犯された少女の
たまらなくねじくれた身体のまわりに
世界中の子守唄が遅れて到着する
けれど　シャンペンやハンペンや恋の断片は
もはや　ぼくを酔わせない
柔い光の暈（かさ）ももたずに　闇の中で

嗚咽する国家よ　気絶する閣下よ
あなたたちのためにぼくは眠れない
ぼくの見ているのはいつも
底なしの瞳孔に落ちていった
数知れぬ白い背中の花びら
その肩先に華麗な刺青のように
やきつけられた熱い日付

いつでも　どこでも
探偵の魂はかたゆででさびしいのに
いつでも　誰でも
かえるところがあるような気がする
勇気をふるいおこしてかえって行こう
かえることのできなかった卵が
おびただしくかたゆでになって整列する食卓へ
死んでいくギャングや娼婦の死体が
くちづけの数とつりあっている
ちいさな祭壇の前へ

細い指の娘たちが
即席コーヒーの聖盃をささげもって微笑する
蒼白い光の中へ
今こそ進め
進めひょっこりひょうたん島

今日も疑わしい啓示の光のひだをまとった空が
暗い海に向って
豪華な緞帳のように降りてくるとき
幾百もの寝台が　その下をくぐって
船出して行く　けれど
背後からの視線にまなざしかえすため
限りなく遠く行く船団に許された
わずかな積荷の中に　ぼくたちは
どれほどの追憶を
麻薬のように隠しもてるだろうか

（渡辺武信「ハードボイルド」）

修辞的にいえばここでも言葉は〈不可能〉な概念の構成をもとめている。ただありうべき感性のありうべき喚起作用が信じられているために〈不可能〉さが、膜をへだてて中和されているだけだ。

　希望と沈降と喪失と静謐とがいつもこの詩人の主題だが、ここではこまぎれにされた都会の日常生活の諸断片が、掻き集められて〈不可能〉な言葉の意味のうえをスムーズに流れてゆくそのスムーズさに核心があるようにみえる。詩語のもっとも初源の拡張意志ともいうべき、古典的な縁語懸詞が多用されているのは、言語意識の拡大意志と生活事象の断片性を集合させようとするモチーフとかかわっている。「おびただしいシーツよ　しめったおしめよ　すてきなストッキングよ　なによりもワイセツなワイシャツたちよ」、「けれど　シャンペンやハンペンや恋の断片は　もはや　ぼくを酔わせない」、「嗚咽する国家よ　気絶する閣下よ　あなたたちのためにぼくは眠れない」こういったおびただしい縁語懸詞は、その起源にあたる〈古今集時代〉にはげしい表現意識の拡大を導くために中世詩人たちが多用しはじめたものであった。この詩人に一典型をみられる戦後詩人たちも、いわば無作為のうちに多用している。本人たちは多少軽快な思い付きや機智のつもりでつかっているかもしれないが、これは詩人たちの表現意識の拡大と言葉のリズムに対する古典的意識とふかくかかわっている。

　情緒的にだけいえばこの詩は抒情詩の新しいタイプを示してる。ところどころに旧来のイメージで日曜日の休日に干された洗濯物や詩人が感じている国家に対する異和感や、性的な欲望やデカダンスへの憧れのようなものの断片が露出しそれらをつなぎあわせるように〈不可能〉な意味のスムーズな流れが継続する。そしてこの詩を抒情的にしているのは〈不可能〉という概念にどんな意味でも壁に直面したような断念とか、否認とかいうものがふくまれておらないこと、また現実への異和や不調和がのぞかれないこと、そして性的な含羞のようなもののイメージがおおっていることにもとめられる。

風船

見ない人よ
見せてやろう
おれたちの顔を
肋骨を握って唖然としているおれたちの顔を

宇宙のゴビ砂漠に
おれたちは群をなして
ポツン
と座っておびえている
一粒一粒
小便をたらしながら
腐りかけた精神を見つめている
おれたちは　はらわたに手を入れて
盲腸を引きずり出し
ゆっくり噛みしめる

諦めない
おれたちは何でもやる
間違いなくおれたちは続ける
頭蓋からしみこむ雨は
骨の間に粘液となって溜る
それが澱まないように
頭蓋を開け手を伸ばして掻きまわす
間違いなくおれたちは続ける
魂というチッポケな奴を延髄のあたりから
取り出して
アンドロメダの方へ投げつける
枯れた骨をガタガタいわせ
盲目
飢餓
底知れぬ悲嘆をひっかついで
追跡する
ある時は
あまり遠くに投げ過ぎ

飢えた狼のように泣声をあげる
しかしおれたちは行く
おれたちの手を信じて
枯れた骨に囲まれたダボダボいう粘液をひっかきまわし
さぐり続けながら
投げた魂を追い　追いつき
クチャクチャに丸めて踏みつぶし
また投げる
間違いなくおれたちは続ける
おれたちは出かけて行く
ムチをふるって
風船のような魂を追いとばして
あくまで

（吉増剛造「風船」）

「肋骨を握って唖然としているおれたちの顔を」、「おれたちは　はらわたに手を入れて　盲腸を引きずり出し　ゆっくり嚙みしめる」、「魂というチッポケな奴を延髄のあたりから　取り出して　アンドロメダの方へ投げつける」等々、誰もそれをみたこともやったこともないことだ。だからといって〈不可能〉なことの比喩ではない。「間違いなくおれたちは続ける」というのが一篇のモチーフであるように、修辞的な意味の強い意志的な可能と概念の実体の〈不可能〉を同時に提出することが行なわれている。この詩の不安定はもちろん「おれたち」の位置の任意性からきている。いいかえればこの詩人をうごかす衝動の不確さからきている。

事例を並記しそれに依ることとの空虚さ、そして平板さはどこからくるのか。たしかにその由来のひとつは嫌悪感である。詩にたいする嫌悪、入り込もうとするのをおしとどめてしまう現在性、迷路を迷路としてさししめすことができない自己抑制、これらの悪徳なしには成立たない表現。これらの真中にある詩の課題。現在、詩について解くべきことがあるとすれば例外的な事例にしかもとめられない。そして例外が〈不可能〉だということに詩は困惑させられるのである。

個性は〈意味〉のスムーズな流れにではなくて言葉の強い掻破力にもとめられる。「おれたちははらわたに手を入れて　盲腸を引きずり出し　ゆっくり噛みしめる　諦めない　おれたちは何でもやる　間違いなくおれたちは続ける」。そこにくりかえし回帰する精神の結節があり、内臓をつかみ出し掻きまわすイメージをつくっている肉欲の渇望と意志力のようなものが結びつけられる。

こういっても詩が可能にするものとしないものをすすんで排択しようとしているわけではない。まず詩自体が言葉によって解放されたいのだがそのために修辞的な実在の欲求が〈不可能〉な場所での坐り方を模索しているのだ。修辞に個性があるとすればこの個性は自己主張するよりもむしろ自己とう晦したがっているために〈不可能〉な掻破力をもたらしているといった方がよさそうである。

現在、これらの戦後詩のどれがA・ブルトンのように耐え、そしてブルトンのように答えることができるだろう?

4

一九二八年にブルトンは二つの問いに答える。問いは次の通りだ。

第一問「あなたは、芸術作品や文学作品が純粋に個人的な現象であると思いますか。それが、人類の経済的・社会的進展を確定づける大きな流れの反映でありうるとか、またはそうであらねばならぬとか考えませんか。」(A・ブルトン『シュールレアリスム第二宣言(一九三〇年)』森本和夫訳)

これにたいしてブルトンはエンゲルスの『反デューリング論』の思惟の至高性と相対性という考え方を例にこたえる。芸術作品や文学作品も人間の思惟にまつわる表象であるかぎり、あらゆる思惟についで貫徹されることはここでも貫徹される。芸術作品や文学作品もまた思惟の無限性に関する表象行為であるが、個々の人間はいつも有限なそして相対的な思惟しかもちえない。この矛盾は人間の継続されてゆく諸世代の無限の連鎖のなかでしか解決されない。人間の思惟やその表象行為は本質的にいえば無限でまた至上の課題となってもいいはずのものであるが、実際には現実にあって有限で相対的な場所にいるほかはない。だから問いは可能であると同時に不可能なものであると。このような答え方はまともなものである。そしてよくまともでありうるのが不思議なくらいな時代であった。

このような思惟は、その或る特定の表現を考察することをあなたが私に求めておられる領域においては、おのれの完全な自律性の意識と、おのれの緊密な依存性の意識とのあいだを揺れ動くほかはない。今日において、芸術作品や文学作品は、真に悲痛な哲学と詩の一世紀（ヘーゲル、フォイエルバッハ、マルクス、ロートレアモン、ランボー、ジャリ、フロイト、チャップリン、トロツキー）を経て、このような悲劇が大詰めを迎えるためのさまざまな欲求へと全面的に捧げられているように私には思われるのである。このような条件のもとにおいて、芸術作品や文学作品が人類の経済的、社会的進展を確定づける大きな流れの反映でありうるとか、あらねばならぬとか言うことは、甚だ低俗な判断をくだすことになる。というのも、その判断は、思惟についてのただたんに状況的な認識にともなうものであり、思惟の根本的な性質を安く見積るものだからである。ところで、その性質とは、条件づけられていないと同時に条件づけられており、空想的であると同時に現実主義的であり、自分自身のうちに目的を見出すと同時に奉仕することのみを願っているといったようなことなのだ。

（A・ブルトン『シュールレアリスム第二宣言（一九三〇年）』森本和夫訳）

これだけのことが云われたら充分ではないか。ブルトンは欧州における旧文学と、芸術や文学の上のスターリン勢力の友たちに囲繞されてぽつんと孤立して書いている。御丁寧にシュールレアリスムやアブストラクトを止揚してスターリニズムへ、つまり社会主義リアリズムへゆくなどと称してブルトンの同僚たちもまたルイ・アラゴンのように駈けていった。そこでへし曲げられた強引な表現理念の野合は、たんに芸術や文学を社会的に無効なものとみなすか有効を志すのかといった情況論を意味しなかった。必要や有効性はいわば眼に視えない組織化の原理を意味した。世界のあらゆるものは有効派と無効派に分類されなければならぬ、有効派の中身は問題ではない。スターリニズムであれファッシズムであれ、アナキズムであれ一向にさしつかえない。またその中で勝手に思想を転換しようとしまいと本人の勝手であるという原理を意味した。これは現在における未開圏と文明圏との対立という毛派や文化人類学の世界図式とよく似ている。

第二問「あなたは、労働者階級の願いを表現する文学や芸術が存在すると思いますか。あなたの意見では、その主要な代表作はどのようなものですか。」（A・ブルトン『シュールレアリスム第二宣言（一九三〇年）』森本和夫訳）

ブルトンの発言はロシア・マルクス主義では現在でも死なないたったひとつの芸術文学の理解ともいえるトロツキーを引合に行われた。ブルジョアジイとプロレタリアートの政治的なあるいは社会的な対立という図式から編みだされたブルジョア文化とプロレタリア文化の対立という図式には、現実上の根拠も批判的な意味もない。せいぜい生み出されるのは政治を文化的に文化を政治的にやるものたちだ。また創造のモチーフに政治の意識や効力の意識を密移入して、その分だけ作品をだめにする連中がつくりだされる。ブルトンはトロツキーの言葉を引いていう。

このような素晴らしい言葉によって決定的に弾劾されているように私に思われるのは、今日ポアンカレの専制下にあるフランスにおいて、自分たちの作品のなかではすべてが醜悪と悲惨にほかならないということを口実として、みずからプロレタリア作家でありプロレタリア芸術家であると称している若干の当てにならない連中やいかさま師たちとか、きたならしいルポルタージュや墓石や徒刑場のスケッチより以上のものは何も考え出せない連中とか、われわれの目の前にゾラの亡霊をちらちらさせることしかできないが、実はゾラの中をひっかきまわして調べながら彼から何ひとつくすね取ることができず、また、生き、苦しみ、わめき、希望するすべてのものを破廉恥にも一方で迷わせながら、あらゆる真面目な探求に反対し、あらゆる発見を不可能にしようと努力し、そして、受け取ることができないと自分で判っているもの、すなわち創作されるものの直接的で全般的な理解を与えるようなふりをしながら、実は最も悪質な精神の侮蔑者であると同時に最も確固たる反革命家であるような連中の主張である。

（A・ブルトン『シュールレアリスム第二宣言（一九三〇年）』森本和夫訳）

〈ああいう連中〉が威張り出す世の中がくるくらいなら現在のままのほうがいいという識知は個人的ではあるかもしれないが、個人主義的ではない重要さと正確さをもっている。これは〈ああいう連中〉が威張っている現在では、できるだけひっそりと生存しようという識知が個人的ではあっても個人主義的とはいえないのとおなじだ。ブルトンは〈ああいう連中〉を指摘し批判する。けれど問題はいつもこういうことなのだ。ひとはだれでもじぶんが〈ああいう連中〉になりうる存在であるというところにブルトンの批判は成り立っている。このことは〈ああいう連中〉に対する批判がいつも自己嫌悪の構造に類似してくることによって確かめられる。そしてまたロシア・マルクス主義にたいする批判がファッシズムにたいする批判と似てくるし、超国家主義にたいする批判と似てくることによってもはかることができる。個人の私情というものが私情の範囲を超えて拡大される場所、また規範の公共性というものが公共性の範囲を超えて拡大される場所、そこに位置するときにひとはだれでも〈ああいう連中〉に成ってゆく可能性をもっている。

ブルトンがわがモダニスム詩人に与えたものは言語のパズル遊びであった。戦後の詩に与えているのは〈息をつかずにどれだけ走れるか〉とか〈露見せずにどれだけ遊べるか〉とかいった思想ではないのか？ ようするに日常のどこかに時間の穴をつくってそのなかで素早く何ができるかという競技ではないか？ そして息が切れたのに言葉がまだ続いていたとしたら、思想が尽きたのに現実はすこしも終っていない象徴なのだ。

一方ではブルトンなどが夢想もしなかったほど軟化したロシア・マルクス主義の政党はただ大衆の篤実さを幻影してそれを組織しようとしている。けれど大衆はじぶんの強いられた篤実さに気が付いているので、そんなものを組織されたくはないのだ。かれらの脳軟化した袖からこぼれる古風な鎧には、道徳主義と狡猾さとの混淆した繊織がぶらさがっている。心から唱ったことも心から遊んだこともないのに明るい歌を、愉しい遊びを、さあ、などと人々に誘いかける。唱いたかったら独りで唱ってみろ、遊びたかったらひとりで遊んでみろ、独りでもたたかったことなどないのだ。猫なで声で大衆と知識人のばか気た道義だけをかすめ取ろうとしている。かれらのただひとりも自在にあるがままの大衆や知識人をそっくり腹中に入れる気はない。ただロシアが捏造した科学的神学の道徳と知識の針にひっかかってくる脳欠損だけを組織しようというのだ。ようするにけちな官僚主義的神学のめろめろに軟化した使徒なのだ。そして軟化に不満なものたちの寄せ場には一時代以前の教条しか復活できてはいない。これに左翼反対派的な殺し合いの世界と国際浪士たちの空無と幻影の組織化、実体のないテロリズムをさし加えてもよい。詩人たちは言葉にたづさわっていればいいのだが、それはこれらのどれひとつにも希望がないために得られる休暇なのだ。これらの希望のない現実の運営計画が立案者以外のものの言葉に休暇を与えてくれるのだ。滑稽なことにじぶんの現実の希望の無さへの無関心は言葉の魔術師たる資格においてその他のことに心が及ばないほど充たされている証左ではない。それがじつに言葉の無能の証左であることに気がつかないこの種の詩人が、言葉のせん細さを強調して見得をきっている。けれどせん細な言葉の曲線とありきたりの優美という名の修辞を、舌をならして味わって愉しんでいるのとは本質的に異っているのだ。無思想と無智とを誇らし気に揚言する詩人たちに、なにを希望すればよいのか。

爪剝ぎの5月

爪を剝ぐのは気分がよい
それは新芽を出す気分だ
焼け畳ごろり横寝で
お膳に万力を設置する
爪の一端をかたく止めて
天井から下った一本の綱を頼りに

くるりと、母親からもらった65キログラムの身体を回転させれば
爪は見事に剝げてくれる
全く、拭いても拭いても泉のように湧き出る鮮血は邪魔なものだ
しかし
血は地下水よりも諦めやすくて
じきに止って
私の指の先に
感じやすくて柔らかい新生児が生れている
中指の次は
人差し指
ああ、早く十人の新生児を
指の先端に作ろう
何がなんでも
微風を鋭く痛みに変える
指先の新生児たち！
万才！

（鈴木志郎康「爪剝ぎの5月」）

〈不可能〉なことを可能な意味の流れで表現しているのだが差異をみてゆけば〈不可能〉の実現化の

意識が抜群に強い。だから有りうべきでないことの有りうることへの、また有りうることから有ることへの架橋が当然と感じられるようにされている。体験としていえば誰でもが生爪をあるひょうしに剝がしたときの痛みと、生爪の剝がれた部分に晒された過敏な空気のそよぎの生々しさ、恐怖だけが現実のものである。そしてこの現実の体験をそのまま実現化の意識の線に沿って〈不可能〉へと接続してゆく。万力に爪の端を締めつけておいて身体をくるりとまわして爪を剝ぐという架空の行為へとつくりあげてゆかれるときに、生爪を剝がしたという現実体験に拡大された体験という意味が与えられる。日常にたれでもが体験する生爪を剝がすという体験にさほどの意味がないとすれば〈不可能〉なところに拡大させた言葉の実現化には〈意味〉がうまれる。この詩人ほど日常生活のささいな体験や繰返される体験に固執している詩人は見あたらない。この意味ではブルトンの裏をかくことができているブルトン的な詩人である。「ただたんなる情報の文体」、「いたずらに特殊でその場かぎりの的な性格」をもったさ細な生活のひとこまを、いわば言葉の実線で延長線をひき、そのまま拡大する。けっして昇華させたり上昇させたりして幻想の光景に仕立てたりはしない。この詩人の超現実を動かしているのは日常性にたいする嫌悪であるばあいでも嫌悪そのものであり、嫌悪からの逃亡や脱出ではない。日常生活のさ細さ、つまらなさ、その場かぎりの情報性といったものは、むしろ無秩序なわい雑さのもつ活力や不協和としてとり澄ましたもの、かくさるべきものへの抗議に変えられている。

生活とは隅から隅まで判りきったことの繰返しからはじまって、いつのまにか無気味な物と心の配置に変ってしまう領域ではないか。誰にも気付かれぬうちにすべての判りきったことが不可解なものに変ってしまうかもしれない。その魔的な意味はけっして歴史の表層に浮び出ることはないとしても、歴史はそこから強烈な輻射を受けている。微かに有るか無きかに変えられてゆく生活の仕組みの影響を無視することは命とりになるのかもしれない。その変化が理念を規制しないなどとたかをくくった理念がどうなりつつあるかはよく知られている。あるときふと変貌して無気味なものになっている日常性の領域がありうることを詩が指している。

妻塊り組み

（今朝も明けてしまった。妻はいきなり目覚め、私自身の男根を口に銜えて、激しく「さあ、私の身体の穴という穴をあなたの肉栓で塞いでちょうだい」といった。）
しかしながらおまえは穴だらけの肉塊のままだ
鏡の部屋で
私はおまえと交ってはっきりした
今おまえの肉の多穴を塞ぐに必要なのは
あの男たちだ
私の友人
いつだって同じカレーライスを食べた
じゃがいもが舌に快かった
リンゴ入りのカレー！

便所だって一緒に行ったんだ
濡れ魔羅見せるんじゃねえぞ
私たちは黄金の糞塊についてお互いに重んじ合った
そして遂に赤まんま揺れ動く空地でおまえの丹穴の順番をゆずり合った
おまえは私の妻でありながら、私たちを再生させた私たちの母！
私たちはおまえの丹穴について語った
語ったぞ！
言葉が私たちの大地だ
おまえは笑いもしなければ泣きもしない
複数の手がおまえの乳房を握った
複数の男根が感謝を込めて（おっかさん）おまえの丹穴を刺した
ああ、色白（いろじろ）地面ちゃん
今や朝日に色づいてくる貴重な通いの路面だ
おまえの皮膚を蹂躙する鉄底の靴を許さない
おまえのふえていく穴は私たちがおのおのの勃起止まぬ男根で塞いでいる
さあ、日が昇るまで、まだ眠りなさい
だが突然、私は妻と寝た奴らを殺す気持に押されて
叩き起して妻の手足を縛り上げた

勃起する男根を片手に握り
奴らの濡れてちぢむ複数の魔羅が鼻を打つ
妻の頬を殴れ殴れ
背中には300Wのアイロン！
色白地面婦！
おまえの胸には
ガーンと丸太を打ち込んでやるぞ
おまえの多穴は血に染まる
おまえがあるのか穴があるのか
丹穴奴！
丹穴奴！
あの男たちについては
俺の女といい思いしやがって
追っかけてって
首を刈る手を休むれば、白ソックスの乙女ら自転車
だが突然、私は了解した
永遠に改悛せず
草を食べて

私も奴らも女性生理学の通信講座受けて
種畜場の牡牛が精子だけ取られちゃたまらないと今逃げたところ
それ見たことか、ああ、
今や処女の肉丘から血は野原を浸した
あの男たち殺戮者は
妻の穴に住みついて
夜になると
妻の穴にはたいまつの火が燃えさかって
飯盒炊爨
ピストルとかバズーカ砲とかかまえて
明日ある夕食が始まる
けちな私としましては狭胸囲（きょうきょうい）に恐怯惰（きょうきょうだ）かかえて
妻の身体と私の身体がしっぽりと濡れて写っている鏡を
私は素手で殴りつけた
耐えるべきは
無映の白色

（鈴木志郎康「妻塊り組み」）

啄木のようにいえば〈放たれた女のごとくわが妻の振舞う日〉の感情の波立ちと苛立ちが夫婦の性

行為の具象的場面に形象をもとめられている。粗々しい性的な劣等感とジェラシイが障害をつき破りたいという詩人の意志の言葉によって切開される。妻を母性的なところに追いやるのはこの詩人が母親に対して植えつけられた幼児からのエディプス複合なのだが、それがまた現実の薄紙を剝がしてしまいたいという極度の欲求と願望に駆り立てる原動力にもなっている。どこにもいかにもそうできるしそのとおりなのだというような強力な意志で、そのまま〈不可能〉な摘出度で表現される。人々の日常感情が露出過度と感じるところで、この詩人はむしろ適正露出で当然の描写をしたと思い込みたい願望が詩をかりて解決される。そのことが詩人にとっての〈不可能〉の意味なのだ。けれどもこの願望や欲求もまた日常性の世界から現われる。そして実現されてしまったらどうなるのだろう。つまり理想の妻や理想の日常生活がこの詩人にやってきてしまったら、日常性の意味は〈不可能〉から〈可能〉へ転換してゆくにちがいない。それが現在の永続的な課題につながっている。わかりきったものが不気味なものへ不気味なものが判りきったものへと変りうるただひとつの世界かもしれない日常性は、いつ価値を放射するのかわからないとしても。

超現実的な手法は不安定な位置のエネルギーだけしかもたないもので、詩人はやがて馬齢を加えてゆくと醜悪な猿のように失墜するものであろうか？　そして失墜して着地したところは、もともと悟り澄ました猿がしみじみとした舌ざわりなどを味わっている場所と変りはないものであろうか？　こういう疑問に拒否的な答えを出しえた詩人は過去の超現実詩人で独りもいなかった。いまなお妥当する疑問なのだ。言葉が過去からの恩恵だと感じられた途端に、詩は必死になってこれに解答しなければならなくなる。そして誰もが解答中といってよい。

5

ぼくたちは出発した旗を旗竿に巻き
煉瓦にキスを投げジュークボックスを堕胎させ
小学校に顔そむけ蜜をたべ電車を轢き
青ぞらに殺され
少女たちのパンテイの隙間に殺されず
刑事を留置所にノン・ストップで叩きこみ
レールを曲げて拵えた店でジャズを聴き
床屋を密告してカミソリでコーヒーを沸かし
老人は蹴とばし眼鏡だけはこわさず
からすを見つけるとみんなで壁にもたれて合唱し
からすに懸賞金をつけ
橋を笑わせランプを掘り出して怒らさず
交番（バンコ）の前ではこっちが笑い
マカロニは反吐が出るのでひとつひとつ孔を塞ぎ
はぎしりする馬とペッティング

水たまりはかならず撮影し
郵便ポストの歯をみがいてやり
花屋に小銃打ちこみネクタイの喪章を捧げ
みんな手を振り小便はたれ流し
食事のときは立ったまま指を使わず鼻で食べ
いつも手をつなぎ
けっして乗物に乗らず
眼は捨てられたタバコのように
口は肉屋のプリンスのように
髪は泥よけ耳は運河のリボンのように
すてきなスモッグのスタイルで
ぼくたちは出発したすてきな
スモッグのレストランから

（天沢退二郎「世直しパトロール」）

犬が人間に嚙みつくのではなく、人間が犬に嚙みつくのとおなじ逆叙が択ばれる。それが意味情景に与える異和が主眼だからだ。ある〈否定〉の意識をいいあらわすにはさまざまな修辞的な方法が可能だが、もっとも強固な方法のひとつは〈犬が人間を嚙んだ〉という修辞的な意味が想起される状態で〈人間が犬を嚙んだ〉といいかえることである。小が大を包む、弱が強をうち負かす、果が因に先行するといった概念的な転倒がいわば〈否定〉を表象する。この詩はそのもっとも単純で明快な模型のようなものだ。この意味での〈否定〉が〈不可能〉な意味の流れと協力して無限くりかえしの概念をあらわしている。一瞬ごとの日常体験の時間を掌握したいという極度の欲求を実現するために、いわば時間を一寸刻みにして、破片にしてしまった。そこでは破片の因と果が逆になり、概念的な順序が不同な部分もできてしまった。それがこの詩の表象するところである。休息と安堵をうけとるくらいならそれを感ずるいとまもないほど時間を刻んでこまかくしてしまったほうがいいという願望がこの詩人を衝き動かしている。そして修辞的には三つの類型の組み合わせで構成されている。

(1)出発した旗を旗竿に巻き（旗竿にかかげ）
小学校に顔そむけ（顔をむけ）
電車を轢き（に轢かれ）
刑事を（に）留置所にノン・ストップで叩きこみ（まれ）
老人は蹴とばし（いたわり）眼鏡だけはこわさず（こわし）

これは肯定的な意味の流れを容認した上でなされる〈否定〉の修辞である。「出発した旗を旗竿に巻き」というときに「出発した旗を旗竿にかかげる」ことの肯定性は前提になっている。「小学校に顔をそむけ」は「小学校に親し気な顔をむける」ことの常道性が前提になっているのだ。

(2)レールを曲げて拵えた店でジャズを聴き
　床屋を密告してカミソリでコーヒーを沸かし
　からすに懸賞金をつけ
　橋を笑わせランプを掘り出して怒らさず

このばあいは間に挿入された〈不可能〉の修辞である。どこかに西部劇映画のセットを幼児化したような形像があるが個性とまではいえない。あくまでも修辞的類型なのだ。

(3)すてきなスモッグのスタイルで
　ぼくたちは出発したすてきな
　スモッグのレストランから

さ行音にかかった縁語懸詞になっている。音韻と音数律の単純な類似と反復が表出の自由連想の引金になっているところにいつもあらわれる。ここでは多用されている。

修辞的な類型の半ば無意識的な組み合わせの結果はそれ自体が詩なのだ。個性という概念が詩の表現から死に絶えてしまったことを表象するのに、これほど見事な表われ方をしているものはない。どのような詩も修辞的な類型なのだ。政治のためにそう強制されているのでもなく組織の規律によって定められているのでもない。あまりに多様で拡大された関係のなかにおかれて関係自体に変身するほかに繰出すものがなくなった精神の所産なのだ。べつないい方をすれば全社会的な時間がもっと遅くなるほかに回復できないものといえる。これをうまく料理できる方法だけが個性を回復できるにちがいない。だから類型的な修辞の肩越しに詩の特色をみるほかない。

煉瓦にキスを投げジュークボックスを堕胎させ

はぎしりする馬とペッティング

郵便ポストの歯をみがいてやり

のように物象の擬人化あるいは幼児的な三人称化ともいうべき断片がここにある。あるいは童話的な構図が形象化されているといってもよい。この詩に個性に似た特色をみつけようとすると物象が木型のなかに閉じ込められて玩具が作られているところにあるのだろう。

詩が成立している根拠はおなじような詩人たちとおなじだ。ブルトンのいう「侯爵夫人は五時に出かけた」といったような「情報の文体」（A・ブルトン『シュールレアリスム宣言』）を拒否することに賭けられている。だから物象と出来ごとの童画化が思想だという主張もあるだろうが、それは勝手にさせておくべきものだ。「情報の文体」つまり、〈朝おきて歯をみがき顔を洗った〉という文体を拒否して、その代りに「郵便ポストの歯をみがいてやり」という表現を択んだとしても修辞的な日常性の拒否であり、日常性の現実の拒否ではない。だから思想ではなく弛緩の拒否なのだ。類的な差異を表象しているにとどまる。べつのことをいえばこの詩の外で現実の日常的な風俗は別のところで音たてて厚さと大きさを増しているかもしれない。それを視察するのぞき孔はこのような詩にうがたれているのではない。それと無関係だし、また秘教的でもない。変ったことを云ってみたり変った服装をしてみたりする童画なのだ。

6

言葉は戯れることもできるし、皮肉にからかうこともできる。また酷使や強制もできる。これは言葉を〈意味〉からみたときに異和とか撩乱とか不斉とかの感じになってあらわれるだろう。けれど〈音韻〉はどうなるのか。〈意味〉の流れに沿って言葉が本来もっている〈音韻〉が偶然にあるいは自然にそこに系列の音を連ねるだけなのか。これは言葉の〈意味〉が〈価値〉に従属するところでは、いいかえれば〈意味〉がただ〈意識〉の内的持続の表現として〈意識〉に従属するところではかならずしも一義的に成立たなくなるだろう。〈意識〉が登場してきて〈意味〉をとび超えて〈音韻〉と手を結びたいといいはじめた。そうなれば〈音韻〉は〈意識〉に従属するだけで〈意味〉との関連はすくなくとも第二義以下のものになるだろう。これはある意味では詩が現在希望することでもあるのだ。

《たなごころにひそむ雄に
卵をうみつけるタナゴたち

《泡立つ海面を波立つ顔面を
恋のせびれがひっかく　それも内がわから
しばられてしびれるあなたの指に
裂け目から噴きこぼれる夜光がしみる

《屈めば腹の奥へとめぐる湾流のなか
からみあう風の巣に

《眼には眼を生ませよ　眼には卵塊をみたせ
やがて陽が海をふみつける真昼

《白みがかってしわよるシイツの波の下
父を母をのみこんでいる風のとぐろのなかで

（菅谷規矩雄「卵胎生」）

《半身クビライを首にかけ
あと半身にまだらの帯ひき

《半身クビライを首にかけ
蒙古痣づたいにとびわたり

（天沢退二郎「桃ゆき峠」）

《ぼくの花嫁は童話を憎む
彼女は今夜も焚書する
えいちくしょう　えいアリス
アリスめらがめらめらと燃える
炎がページをめくるとき
涙でうたれた傍点も燃える

《駝鳥を見て脱腸
夜はきまって

鳥目

《死の舌あたり

《どんな疑問符を恐怖する？

（平出隆「花嫁Ⅰ」）

《海を掠奪した風の妊娠、樹木からのそして花からの解毒・解読。

《フォークを喉に突きあてる死のデートの詩のレストランで、

（平出隆「花嫁Ⅱ」）

《しきたりの敷石にきしる鋭敏な

《忘却の充満する季節の木箱

《まず　口紅から溶かす水のざわめき
つぎ　耳を溶かす水のときめき

《事物のかげの呪物の森が

《花嫁よ読め

《等身の鳥の不在へと射精する

《逆上する酸素をつかむ逆上がり

《背に束ねた紙と髪とを焚き

《きりのない霧の発生
憑かれた夢に憑きかえし

《渇く声　乾かぬ舌

《おれは不在　恋びとよ
おれは死体

《石の椅子がひとつ残れば花嫁の

《家々のたかさからたちあがり

（平出隆「花嫁Ⅲ」）

《すべての遺書は嘲笑の火に
すべての衣裳は遺書の火に

（平出隆「花嫁Ⅳ」）

《蠟びきの逢いびき

《すべてなべては泡だつばかり

（平出隆「花嫁Ⅴ」）

《焚きつけの本にくられた湖にひたい浸して

（平出隆「微熱の廊」）

《かつて少女に捨てられた草鞋寝みだれ、あってならない
電話が詩をかき、詩をかき乱しているよ。

《火を身籠りの厨　悲の厨

（平出隆「悲の厨」）

《星の箒に掃かれつつ、

《旅を籠め
冬の中の冬の中に
いまは死せるひととの
春を籠め、
はるかな道を一室に籠め
ふたりの筆跡のみだれ、かすれた火柱を組む。

（平出隆「冬の納戸」）

現在修辞的な発条として多用されているものの一部だ。これらの同音や類音に係けられた言葉は任意の詩行とつぎにやってくる詩行とのあいだの、任意の言葉とつぎにやってくる言葉の誘発剤になっている。詩の持続が言葉の慣用の意味性にたいする拒否や不協力にかけられているとすれば、同音や類音による詞と辞の連繫と微転位とは、意識の持続のゆき詰まりにたいする中休みと誘発の役割を果している。そして慣用の意味の流れから解放されているために、同音や類音をもった異質な語彙の連けいいはそれ自体が詩的効果のひとつでも有りうる。イメージの途切れは音韻の同一と類縁によって代用させることができる。そして稀には「解毒（げどく）・解読（かいどく）」のように文字の同一性による異質の意味の重ねが詩的な効果をはたしたりする。これらの修辞法にはかくべつの謎はなく、もっとも単純な効果が予想されている。言葉が同音によってからかわれている、遊びになっているとみてもよい。また感性の渦動をもっとも始原のところでおさえようとする詩的な欲求に陰微な手がかりを与えるものとされよう。けれどもこの同音や類音による懸詞懸辞の用法は詩が持続されるための内的な緊張を一瞬に繫ぎとめて、次の持続へと送り出すために言語の〈意味〉の自由度は拡大されうるという前提なしには成立たない。言葉は内的意識の表現として自由になったというよりも、意味論的なつながりとして自由になって、〈意味〉の正常な脈絡を表わさなくても詩は保証される。〈意味〉の表現の内部での任意性が拡大したという意識をもとにおいている。表側から肯定的に同音や類音に誘発されて意想外の語彙のイメージが連結されるとかんがえたとしてもおなじだ。言葉が現実との関係を意図的に拒否したり、ずらしたり、不協和をつくりだしたりしたために、言葉と言葉、語彙と語彙、文節と文節のあいだに別個の関係を〈意味〉としてか〈イメージ〉としてか作りあげなければならない。また作りあげること自体が詩である。こういうことは詩を言葉で織りあげた言葉相互の構成とかんがえるかぎりある言葉の構成の内部における変遷として歴史的に何べんも繰返されたものであった。そしてその時代的な契機となるものは、あるひとつの言葉の構成法の定型が、その内部で現実との諸対応をしだいにうしなって言葉と言葉との超越的な関係を構成せざるを得なくなった過程にみとめることができよう。

　詩の歴史の内部で同音や類音による懸詞縁語が意図的な修辞法にあらわれるのは『古今集』時代が始めてである。

　これは音数の定型の制度がすみずみまでゆきわたったことを意味した。詩を保証するものはこのゆき届いた定型の制度であって、現実の感性的な体験ではなくなった。詩以前にすでに在るべき情緒の色合いは保証されている。詩の言葉は定型の内部でその慣性的な情緒をもとに戯れられればよい。この戯れは理智や推論を必要としたから可能性としてだけいえば言語の空間の無際限な拡大としてみえたはずである。そこで現在では感性的な効果の大部分は追体験できなくなった同音や類音が意識的な手法として多用されるようになったのである。現在では語呂合せとみまがうばかりの同音と類音の誘発性、異質のイメージの並列化などの作用は、詩的な領域のはかりしれない拡大とおもわれたのである。

人しれずおもへばくるし紅(くれない)のすゑつむ花の色にいでなん　(『古今集』巻第十一496)

いでわれを人なとがめそおほ舟のゆたのたゆたに物思ふころぞ　(『古今集』巻第十一508)

あしがものさはぐ入えの白浪のしらずや人をかく恋ひんとは　(『古今集』巻第十一533)

みちのくのあさかのぬまの花かつみかつみる人に恋ひやわたらん　(『古今集』巻第十四677)

いその神ふるのなかみちなかなかにみずばこひしとおもはましやは　(『古今集』巻第十四679)

自然の共同の記憶が根源のところで歌を定めているかもしれないが、本来はそこになくなっている。言葉が先にあり言葉の定型が自然を意識的に創りだしている。そして言葉の衝動としてもっともおおきなのは同音や類音によって意味の言葉が誘発されることだといえよう。言葉を組み上げる遊びや競技や独想を口の端に転がして整備しながら独吟するといった試みのうちに「おもへばくるし紅の」や「ゆたのたゆた」や「白浪のしらずや」や「花かつみかつみる」や「なかみちなかなかに」などが、突然同音や類音の接触や擦過としてやってくるそのはてに〈書く〉ということが、もっと繰返しの端正化や時間の緩和化を達成させたとかんがえられる。

この時代には詩歌がみんな言葉の組み上げの知的な遊びと実験に追い上げられてしまったわけではない。正統な定型よりもやや形式的な自由感を拡げたところで俗歌謡が生々しい生活感性との直かな接触を言葉にしはじめていた。そうみれば詩歌が言葉の空間の拡がりと厚みを獲得した時代といってもよかった。そのために言葉の現実的な背景を実感しなくても、言葉がその内部で自在に操作できるようになった時代であった。だがこういっただけでは疑問がのこされる。言葉の空間は時代とともに拡大してゆくばかりのはずである。そこで言葉の操作は時代とともに自在感を増大させるだけだといえる。そうだとすれば言葉の自在感に詩の表現の根拠をもとめても無意味なはずである。詩的言語の空間というのは、言語空間そのものではない。詩的言語はいつもあるひとつの定型（形式）を措定する。この措定された定型の言語空間がめいっぱいに拡大されたときに定型（形式）そのものは崩壊する。この崩壊するという言葉も註解を要する。崩壊して無くなるのではなく〈無化〉されて別の形式に、時代の詩的感性の中心を移すといってよい。またこの詩的感性の中心を移すといういい方も註釈がいる。別の形式に詩的な感性の中心が移されてもその形式が生命を失うという意味ではない。詩の生命の持続が個々の詩人にゆだねられ時代的な契機は加担をやめるといったほどの意味になる。こういう見方からすれば『古今集』時代は形式の内的な確定の時代であった。そして同時に俗謡性を形式の内部から次第に分離し振切ろうとする時代のはじまりであったともいいうる。

現在、詩は様式的にある飽和点にしゃにむに駈せのぼり、変質し横溢しようとしている時期におもわれる。奇想天外な詩形式が変質のなかに胎生しつつあるというのではない。そんなことがありうるものでもない。けれど詩が言葉の内的な宇宙に拒否的な意味様式をもとめようとしながら同時に感性的な喪失を体現しつつあることはたしかだ。この情況はまたぶ厚い詩的感性の大衆化と風俗化を背景としている。いまから二十年ほど前までは〈作業服〉は油と汚れと汗とがこびりついたアドレッセンスの労働条件そのものであった。だが現在ではアドレッセンスの尖端的な流行装飾そのものである。またいまから三十年ほど前までは軍靴は殺りくマニアの職業軍人の偏執の象徴であった。だが現在では女性の流行の装身具である。詩的言語もまたひとつのサイクルを完了しつつある。いまから二三十年ほど前には詩の言葉はじかに、現実を引掻いている感覚に支えられていた。言葉は現実そのものを傷つけ、現実そのものから傷を負うことが実感として信じられたほどであった。現在では詩の言語は言葉の〈意味〉を引掻いたり傷つけたり変形させたりしているだけだ。そのために〈意味〉以前の〈音韻〉に手ごたえをもとめている。なぜ詩の言葉はこれほど現実から疎隔され実感から遠いところで浮んでいるのか。しかもこうなることに切実な不可抗の感じがつきまとっている。詩がどこかへ移動しつつあることを詩自体は知ってはいない。だからどこへゆくかも自覚的には知られないでいる。けれど耳を澄ましていると確かに詩が現在ある言語様式を定型的な規範のように感じて、外部の新様式へとむかわずに内的な整序と成熟と変質に繰込まれている蓄積音を聴くことはできよう。この由来を尋ねることもまた詩のことに属している。

7

吹上坂を下ってゆく
半生の眺めも名を変えて
饐えた靴はらに打ち寄せている
耳をみだして靡き去る錆びた凬のたてがみ

峠はひとつ
坂の名はふたつ
眼下の窪地はくらい一条
けれどもどんな胸突八丁へ
呼ばれているか
わからないこの夢うつつの一体は

黎明
わたしの肺はちいさい
木蔭の切株にむなしく坐して　くらむほど

紫煙と入れたひと息よりも

吹上坂を下ってゆく
勾配に脚をあそばせ浅い気流に息つめながら
吹上坂を下ってゆく
何も知らずに

（平出隆「吹上坂」）

母がまだ若い頃僕の手をひいて
この坂を登るたびいつもため息をついた
ため息つけば　それで済む　うしろ
だけは見ちゃだめと　笑ってた
白い手はとてもやわらかだった
運がいいとか悪いとか　人は時々
口にするけど　そういうことって
たしかにあるとあなたをみてて
そう思う
忍ぶ　不忍　無縁坂　かみしめる
ようなささやかな僕の母の人生

（さだまさし「無縁坂」）

前者は現在のもっとも若い世代に属する詩人平出隆の代表的な作品のひとつ、後者は歌い語り弾くフォーク・ソングのシンガーさだまさしの代表的な作詞のひとつである。おなじように生涯の〈坂〉にさしかかったものの感慨のようなものを主題にしている。比較することも滑稽であるといった戦後当初の現代詩と流行歌曲の作詞との距たりを、ここで感ずることはできない。いずれも生涯の「胸突八丁」ともいうべき不安とおののきの岐路にあって、思い屈しているものの姿がよく形象化されているといっていい。手法的にいえば立体図法と平面図法ほどのちがいはあって、詩「吹上坂」を奥ゆきのある立体世界とすれば、歌謡「無縁坂」は展性のある平板の世界となっている。けれど感性的な核は一方が高度で一方が低俗であるというようなことはない。「吹上坂」をそのまま話体で繰り延ばせば「無縁坂」の世界に接続するだろう。この二つの〈坂〉をひかえた詩は現在詩が当面している一般的な模様を代表している。

〈坂〉をひかえた感慨がおなじであるように「峠」にわだかまっている不定のアドレッセンスの意識と、子供の手をひいて池の端の方から〈坂〉を登ってゆく若い母親の意識との行くさきがおなじところなのだといえば、その象徴的な意味が伝えられる。詩は易しくなりたがっているように優しくもなりたがっている。詩はじぶんを個性ある生活様式と個性ある感性と個性ある精神とによって区分けしようとしてもすでに不可能なのだ。誰もが顔のない暗箱のような住居のひとつに顔のない衣裳をまとってくらしている。そんなところで詩は風俗の歌謡やフォーク・ソングからじぶんを区別することができるはずがない。ただ音盤の裏面をとって声にならないで歌うことができるだけだ。こういう言い草があまり誇張や極端な類型化ではないところに詩はやってきている。

饐えた靴はらに打ち寄せている
耳をみだして靡き去る錆びた風のたてがみ

（「吹上坂」）

「吹上坂」のこの一節は音譜に乗せることはできない。表現の意識が言葉の和声を作っていてそれ自体が重畳されたメロディだから音盤の裏面に潜んでいる。はじめから音譜に乗せてメロディで唄いきることを前提とした「無縁坂」では、このような言葉による言葉自体のメロディ化ともいうべき高度な概念的な喩は不可能でもあるし、また無意味だともいえるだろう。それが詩「吹上坂」と歌謡「無縁坂」との差異である。けれど差異であることは対比が可能な近傍にあることをも意味している。詩「吹上坂」の表現を線型（リニヤー）に展開すれば歌謡「無縁坂」のような話体の言葉にひきのばされるはずである。そこでは二つの〈坂〉の詩はおなじものを指しているのだ。

峠はひとつ
坂の名はふたつ
眼下の窪地はくらい一条
けれどもどんな胸突八丁へ
呼ばれているか

わからないこの夢うつつの一体は
（「吹上坂」）

よく似た一連の情緒をみつけてみれば

この坂を登るたびいつもため息をついた
ため息つけば
それで済む
うしろだけは見ちゃだめと
笑ってた
白い手はとてもやわらかだった
（「無縁坂」）

ふたつは貯水池のようにある情緒的、感性的な等価を湛え、すこし不安に固くなった表情をしている。その表情はほとんどおなじだ。ここには流行の歌謡が強力な旧来の情緒のパターンを奪われて感性的に拡散し、新しい様式に移りつつあるという事情が加担している。〈港〉とか〈マドロス〉とか〈カモメ〉とか〈旅がらす〉とかいった、その言葉自体で強力な反射的な情緒が喚起されるといった〈前約束〉が、大衆層の分解と多層化とともに成立たなくなってしまった。いわば旧い大衆像の変形と拡張が起こり、そのうえに新しい感性的な層がせり上がってきたため、ここでも情緒的なパターンの線型（リニヤリゼーション）化が大衆の風俗的な厚さでおこりつつあるといっていい。これが「無縁坂」のような話体による、しかも旧いパターンによらない情緒の言葉がうみ出されている根拠になっている。
このような大衆的な規模における生活感情の変動と詩的な感性への放射のされ方はどういうことなのか。詩はほんとうは、新しい感性と話体による歌謡に浸透されてどこを分担してよいかわからなくなっている。とうぜんの萎縮と、とうぜんの拡散とが詩の〈意味〉の争奪戦を演じている。この規模をみることが詩の現在をみることになっている。

確実にくらく長い雨季が来て
確実にあなたとの辛い黄昏が重なる
ビルの下を回る風に吹かれる栗毛の髪の甘さよ
資生堂クリスタルデュウ・リップスティック156番光る野性よ
ことさらすき透るランジェリーの細い紐
この町に海はない
この町に丘陵はない
あなたとどこまでこの熱い合金の森を渡ろう?
ありはしない茜になびく倖せのはなれ雲よ
霧にかくれて抱き合うだけの池袋本町ホテルF
わたしらにどんな光があるというのだろう
暮らしはいつも座食だ

直線僅か二度と届かずまた散っていく白い汗の花束
かぶった2索(リャンソウ)を握って降りる南(ナン)の3局本場なき風
譜面なく唄える256曲知悉のカラオケの針が飛ぶ
かくて支える自我など一体何になろう
月日ばかりが確実に駈けぬけている
わたしの腕の中にあなたが賭けた恋は何色？
恋びとよ
空へ続く泥酔に近いハイウエイを見あげる
さらに伸びる歯芽
大地は東から押し寄せる都市をかなた西へと走らせていく
1本の菫を見つける旅はあるだろうか
かぎりなく虫の羽音立ちのぼる西口地下街ショッピング・パークあたり
かもめ町まで行ったが世界よ
わたしらの世紀は岸なきリンゴ？
経験とは何だったろう
あなたと忍ぶこの黄昏とは何なのだろうと思う
山本博道第二詩集『憧れは茜さす彼方』（ワニ・プロダクション8月刊行予定・予価1000円送料含まず）
飽きもせずまた売れまいが80ページの人生よ

（山本博道「憧れは茜さす彼方」）

現在の都市の風俗を風俗として浴びていることが詩なのだ。それは風俗の詩であるとともに詩の風俗化と大衆化の厚さそのものになり得ている。そして詩と新しい歌謡の感性とが合流しようとして隔たっている距離はほとんどゼロになりかけている。この詩もまた別の行で故郷の「幣舞橋（ぬさまいばし）を渡る母の丸い背中」を唱っている。また「後6年父は定年まであの雪の町で稼ぐのだろう」ことも感傷されている。流行の歌謡とのちがいは言葉の振舞い方にはまったくみつけられない。表現の線型化（リニヤリゼーション）もまったくおなじで意識的に話体を採用している。むしろ全身にとっぷりと都会の風俗を滲すことを愛好しているその生活感性自身から、言葉の線型化が起っている。盛り場の雑沓をたんねんに歩き、恋人と忍び逢い、なじみのマージャン屋に寄るのとおなじ時間の早さと順序で言葉がつくられ繰出される。この詩作法の風俗は自然の景物や気候や草花を相手としてならばすでにあったものである。社会の風俗を相手に風俗自体としてなされたことはなかった。そこに新しい歌謡との吻合があった。この詩が音譜に乗らないとすれば、歌謡ほどリズムと概念をとりつくろう意識がないところだといえる。「かぶった2索（リャンソウ）を握って降りる南（ナン）の3局本場なき風　譜面なく唄える256曲知悉のカラオケの針が飛ぶ　かくて支える自我など一体何になろう」というような表現は、じぶんの風俗化にじぶんで対象的であることを意味している。そのために自身が大衆歌曲のメロディにすいすい乗ることができない。じぶんの風俗化を知っていることの風俗化が、この詩を成立させている。この経験的な饒舌の詩体は、一度に二つのことはできないという意味で線型的であり、突然日常の瞬間が空想に変換するという意味で変換する。

言葉としてみれば詩は詩人とは関係がない。詩人は孤独で晦渋で暗澹としていても、言葉が話体をとって語りかければ明るく開かれる。また言葉が〈書く〉様式のなかで模索されれば詩人の本性とかかわりなく晦渋でありうるのだ。ある詩が話体をとるか〈書く〉様式の奥で書かれるかは詩の資質であるとともに、詩の様式の歴史の必然にも促されることになる。もちろん詩の間近まで歌謡や話芸が隣接してきているという背景も与っている。

後退する。
センター・フライを追って、
少年チャーリー・ブラウンが。
ステンゲル時代の選手と同じかたちで。

これは見なれた光景である。

後退する。
背広姿の僕をみとめて、
九十歳の老婆・羽月野かめが。
七十歳のときと同じかたちで。

これも見なれた光景である。

スヌーピーを従えて、
チャリーに死はない、
羽抜鶏を従えて、
老婆に死はない。
あまりに巨大な日溜りのなかで紙のように、
その影は、はじめから草の根に溶けているから。

そんな古里を訪ねて、
僕は、二十年ぶりに春の水に両手をついた。
水のなかの男よ。それも見なれぬ……
君だけはいったい、
どこでなにをしていたのか。
どんなに君がひざまずいても、
生きようとする影が、草の高さを越えた以上、
チャーリーは言うだろう。
羽月野かめは言うだろう。

ちょっと、そこをどいてくれないか。
われわれの後退に、
折れ曲がった栞をはさみ込まれるのは、
迷惑だから、と。

（清水哲男「スピーチ・バルーン」1 チャーリー・ブラウン）

これがなぜ風俗かといえば言葉に物神がついていないからである。言葉が瞬時に羽虫のようにわきすぐに霧散するものだというように、意味の過不足なしにつかわれているからである。詩の表現に現実からの異和、思い込み、立ち惑い、不和、拒絶のようなものを認めるところからすれば、この詩は別のところに立っている。言葉が風俗そのものとして使われ、風俗そのものとして立っている。ではなぜこれが詩であるか。言葉の才能などではない。言葉に潮時のようなものが生理的に加担している時期には、この種の詩の言葉は無意識にわいてくるものである。またチャールス・M・シュルツの流行のマンガの主人公が主題に入ってくるから風俗的なものでない。田舎の老婆羽月野かめが出てくるから民俗的なのでないのとおなじである。壮年の西脇順三郎はかつて昭和の初期に「汝カンシヤクもちの旅人よ　汝の糞は流れて、ヒベルニヤの海　北海、アトランチス、地中海を汚した　汝は汝の村へ帰れ　郷里の崖を祝福せよ　その裸の土は汝の夜明だ　あけびの実は汝の霊魂の如く　夏中ぶらさがつてゐる」（「旅人」）という詩の言葉で充分に新鮮で風俗的であった。どうして新鮮だったかといえば、詩の言葉がなぜどう生きるかを感傷するものであるという常識の物神性に抗ったからである。なぜ風俗的でありえたかといえば日常生活の感性が画一化してゆく情況を先取りして、もはや生活を唱うことのなかに同一の意味しかあり得ないことを感知して、そのことを詩と詩論の言葉で嘲笑しえたからである。強烈な個性か天才のほかに現実感に波動をあたええない時代を知って、すくなくとも西脇順三郎自身は平凡な知識人の言葉の遊戯を択んだ。それが、西脇詩の意味であった。「郷里の崖を祝福せよ」というばあいの「郷里の崖」という言葉の色彩、ひわ色の空虚ともいうべき言葉の無国籍性、無実体性の悲哀の色調ともいうべきものは、壮年の西脇順三郎には気付かれていなかった。むしろ言葉のいい選択、才気の表現とさえおもわれていたかもしれない。「その裸の土は汝の夜明だ」という言葉も「あけびの実は汝の霊魂の如く」というそのつぎの言葉もおなじ色合いであった。むしろおなじ無国籍のつながる根のない感性の不安の色調であったといってもいい。風俗の中に詩の言葉が探しあてた不安であり、西脇自身はただ言葉をうまくモダンにしてやったと思っただけかも知れなかった。そのところにこそ問題の重要さがあった。

これにくらべれば「チャーリー・ブラウン」のほうが、何かが気付かれている。西脇の詩で「郷里の崖」と「祝福」を、「裸の土」と「汝の夜明」を、「あけびの実」と「汝の霊魂」とを熔接している感性の不安は、この詩では「少年チャーリー・ブラウン」と「九十歳の老婆羽月野かめ」とに分離されている。一方はセンター・フライを追っているし、一方は羽抜鶏を追ったりしている。そして「僕」はそのはざまで両方に意味あり気な貌をしていながら、どちらのことからも距てられた〈差異〉のようなものとして存在する。「後退する」という言葉は、この詩を恰好よくしている。ファッション・ショーでいえば流行のポイントであり、アクセントをつけたところだが、また田舎の老婆羽月野かめにとっては不安の象徴でもある。それを連繫する意識の谷間に「僕」がいることが〈詩〉をなしている。「旅人」の「汝の霊魂」が「あけびの実」とおなじく「郷里の崖」にぶらさがっているように「老婆羽月野かめ」の「影」は「古里」の「草の根に溶けている」。けれど「僕」は「汝」とちがってその外に異和をもたらすもののように析出されている。もし風俗化があるとすれば西脇の詩には意識されない風俗化があるが、清水哲男の詩には意識された風俗化があるといえよう。

もちろんここで詩の現在における風俗の重要さをひとめぐりしたいのだ。詩の表現はすくなくとも個々の詩人にとっては自由ではなくて必然なのだが、風俗は存在してしまった以上どうにもならない偶然である。択ぶものの以前にそれは在るのだ。風俗化の詩の困難さは詩人にとって必然的な方法をもってすでにある偶然の存在にぶつかることの困難さに帰着する。

茶卓に坐わり向うをむいて
煙草舌に（頑張るべく……）
片方の脚を高く靴下捲いてるんが
母さ。そしてそのスリップのうしろ
貧乏ゆすり小さくせわしく
軍帽禿に（頑張るべく……）
その片方畳にぽかんと佇ってるんが
父さ。そしてそのアロハのうしろ
ラッキー・ストライクの夕陽を背に

ヘイー、ヘイー！　大きくなって来るんが
ぼくさ。ぼくと連れ笑って
ざっくざっく来るんがスヌーピーでなく
ポチさ。ポチと連れ笑って
ラードの血のスカートふわり
更に更に（頑張るべく……）
ハロー、ハロー！　甲高くなって来るんが
姉さ。そしてそのオサゲのうしろ
兵隊さんさ。カム！　アコシャンそれ早く
母さんジープと笑って送るんさ送ったんさ
皆で頑張って、倖せな倖せな日々を、さ。

（正津勉「聖家族」）

自嘲と自己嫌悪とイロニーによって納得さるべき風俗図として自己の出生の場所が択ばれる。それがある普遍的な拡がりと妥当性をもって図示しているもののなかに感性的な現在がある。「片方の脚を高く靴下捲いてるんが」も、貧乏ゆすりしながら長年軍帽かぶりすぎた禿頭の父親が「その片方畳にぽかんと佇ってるんが」も、「ラッキー・ストライクの夕陽を背に　ヘイー、ヘイー！　大きくなって来るんが」のも、「スヌーピー」ならぬ小犬を連れて「ハロー、ハロー！　甲高くなって来るんが」も、嫌悪と自嘲の光景の柱をなす家族の構成員なのだ。おもわずこの「聖家族」図にユーモアをおびきだされながらそのまま笑いが動く沈む仕掛けになっている。これは感性の風俗図として戦後どこかで誰でも心当たりがあるからだ。そして同時にこの風俗図が象徴する戦後、そこに滲透し感性的なしきたりを大きく根柢から揺がしたものの影響の大きさを、まだたれもまるごと測量できずにいる。それが自嘲に文明批判のかげを落としている。この「父」この「母」この「僕」この「姉」が構成する家族は敗戦後に沈没し、と惑い、適応をみつけだし風俗的に馴染み、ふてぶてしく居直ったり、ふてくされたり自嘲したりしながら戦後の全時期を泳いできた日本家族主義の末路と感性的な変容の実体なのだといってもよい。この詩人の描く自嘲とふてくされた居直りの韻律と風俗画の世界はここにルーツをもっている。

沈滞している現在の情況の由来はほんとうはよく判っていない。何がどうなっているのか。どこへ行こうとしているのか。もちろんそれを詩の現在から占おうとしているわけでもない。それとともに詩がしめす主観的な気焔などにこれっぽちも信がおけるわけではない。ただ詩はいつも無意識に成遂げつつある何かだ。言葉が無意識のうちに具現しつつある現実の象徴は詩人の思惑を超えることがあるとおもうばかりだ。

詩にとって詩であることがすべてである。詩について語ることの意味はどこにあるのかきわめてわかりにくくなっている。詩について語ること自体が困難なのだ。現在、詩は詩についても語ることを困難にするように存在している。鮮やかな個性も存在しえないし鮮やかな旗印も存在しえない。また鮮やかな言葉の色彩も匂いも存在しえない。なぜ書くかという問いが詩なのではない。何ものか物象の関係の次元にあるものから書かされているから書くのだ。詩人はじぶんが書いているのだと思い込んでいるし、書かせるのはせいぜい編集者だと考えている。けれど無人称の何かによって書かされている痕跡ばかりは歴然としている。その拡がりと規模のためにかりに風俗とか大衆現象とか呼んでみてもじつは適切ではない。もっと無人称の何かに書かせられているのだ。ときにそれを古典的な感性の尖鋭な再来と呼びたい気がすることがある。風俗という言葉でいいあらわせないわい雑さを、わい雑さの古典性と呼ぶことは視線のちがいにすぎないような気がする。

古典的な感性の由来は基層に潜んでいる。風俗的な感性への強力な関心は古典的な感性への強力な関心の別名だといってもよい。〈古典的〉という言葉のさす感性は風俗的であることによってその厚みと規模とにどれだけ切実にかかわっているかどれだけ別途であるかをふりわける目安になっている。〈古典的〉という概念が伝統のなかでとりあげられるばあい、すぐに優雅で、古尚で、艶で、物哀れで、繊細でといった表象があげられる。この表象の強力なパターンは大規模な風俗の感受性によってこしらえられたものである。これらの表象にあらわされる仮構を目指すばあいに素材的な古典性と感性的な風俗性とはじつはおなじものを指しているようにみえる。風俗の現実は混乱した現代的鋭角の諸断片が無秩序に溢れているものを指しているのにその感性は、古風で、優雅で、哀れでといったものに収斂されてゆく。

〈古典的〉ということのこのような概念はほんとうは平安期に漢風文化の強力な影響下に言語の感性がある普遍的な奥行きをもって土俗性から離脱した世界を獲得したときにはじめて成立した。だから格別〈古典的〉という概念が平安朝の後宮文化を覆った感性に収斂されるわけはなかった。それにもかかわらず風俗絵図として〈古典的〉という概念がこの時期の哀れや幽艶というような象徴に収斂するパターンを植えつけたのは近世以後に強力な古典理念に裏うたれたからである。そして近代になってはじめて〈古典的〉といえばこれを指すというように、制度化された。反〈古典的〉なモダニスムの理念からではなくて〈古典的〉という概念をこの制度と強力な感性の型から救抜し得たという例をわたしたちは現在でもあまり確実にもっていない。たぶんそこのところで現在、〈古典的〉という概念がもっとも鋭敏な現代的な風俗の断片、その諸類型、言語的感性と結びついている根拠があるにちがいない。

詩の言葉の由来へ遡行することは〈古典的〉な感性への遡行を意味していない。ふたつはまったくべつのことなのだ。けれどわたしたちの詩の風俗によれば古典的な詩の言葉への視線は、〈古典的〉な感性への回帰と混同され、また同一視されてきた。じじつ詩の言葉の由来を尋ねはじめるといつの間にか〈古典的〉な感性へ身も世もなく復帰してしまうのが風俗であった。詩はこの風俗を峻拒しながら言葉の由来をたどり得たためしはない。まだ風俗のなかに何べんも回帰するがいいのだ。詩の新しい感性はただ未熟の別名にすぎず詩の〈古典的〉な遡行はただ老成の別名にすぎない。この風俗を誰が逃れ得たのか？　そして誰が逃れ得るのか？　ただ回避しているものと、必然に吸収されるように〈古典的〉な感性に収斂してゆくものと、このふたつを詩が拒否したことはない。

成し遂げられた詩に同情を寄せてもその詩を語るときに否定的に語らなければ風俗を離脱することはできない。これは現在もなお詩が負っている重い荷ではないのか？

けさのこの招提（てら）のおもみはなんでしょう。昨宵打ち返したばかりの肌にまた布をあてて水の網をかけ、母とふたりでわらっている。

網をやるのは疲れます。この世をいちどで容れる紙状の函が見たい、と母者は云う。尼房の上空に、またあたらしい除目の絹が飛んでいる。

一切の水をかたく断ってから、顔のおもても張ってきた。庫裡に佇犬が一匹倒れている。夏の日のなかでほんわりと浮んでとてもきれいだ。それで、状日はまだですか、かの人からの。

外は風。気をつけて、委細のうつるまで拭くのです。この円卓から表まで二町。やさしいことばであるくのです、この羈旅は。

ただ商風に生きるには、まず床を清めかいなを鎮め、よく冷えた双眼につつんで、つぎにくるひとの肉の小破を待つのです。けさのこの寺の、徐々のおもみはなんでしょう。

そのまま気を投げては風邪をひく。だから、むすめの水口からぬきあげたこの枝は、母にはかくしてしばらく、あたりのかぜに持たせておく。おんなたちはいずれも、男の半周のところでしずかなねむりをとっている。

念のため、夕べ倒した水瓶の底のかわきをたしかめておく。そのうえにあらたな砂をまぶし、この瓶の、生きものへの道を断つ。明日もひとりがいい。わたしはわらっている。母は消えたが、またいくぶんとおくなったこの耳に、血の類焼がきこえる。

（荒川洋治「招提の夏」）

詩がいかに鋭敏な感性であるかを問うことはいかに言葉の〈古典的〉風俗であるかを問うことと同義である。詩はどこに成立っているか。

尼房の上空に、またあたらしい除目の絹が飛んでいる。

それで状日はまだですか、かの人からの。

この円卓から表まで二町。やさしいことばであるくのです、この羈旅は。

母は消えたが、またいくぶんとおくなったこの耳に、血の類焼がきこえる。

これらの言葉の想像的な跳躍の仕方、その不定な円まりがいずれにせよ、詩を成立たせている肝要の姿である。風俗は同時に「尼房」と「除目の絹」と「状日」と「母」と「血の類焼」との撰択のあいだを連結している。感性は古風なパターンを択び表現は新しい跳躍の仕方で包まれているといいかえてよい。言葉の新しさの質を確かめるには、たぶんこの詩が影響を蒙っている西川満の類似の発想と表現を対比してみればよい。


そのひとは。もうゐない。鎌のやうな刀だけが光つてゐる。祭壇は埃にまみれ。つめたい石畳には秋海棠の花。破れた土瓦からほの見える空の。かなしい黄色な紋よ。

反りかへつた屋根屋根。武将たちは。いつさめるともしれぬ眠りにおち入り。たちこむる思慕に。廟はけむる。足弱の老婆が鳴らす鈴の音に。甘いくちなしの香は漂ふ。

赤い衣をまとひ。古ぼけた呪印を肩に。何処に追はれて行つたのか。梢をわたる軟風。童女の掌から落ちる白い真珠。たそがれの濡れた乳房よ。ああ。獅子に乗つて。そのひとは。

わたしは知らない。びいどろの八仙燈。砂地を。花畠を。眼に見えぬ。神々の旗が。いくつともなく海に消える。指折ればすでに幾日。竹香のはかなさは。

（西川満「輓歌」）

あらかじめ予定された調和の感性が意識にあって言葉はそれにむかって彫琢されながら集中されてゆく。当時（昭和初期）は現在よりも遥かに新鮮にみえたはずである。この調和の感性は風俗的な自然を指していたからである。日夏耿之介はこれよりも人工的にみえたろう。「たちこむる思慕に。廟はけむる。足弱の老婆が鳴らす鈴の音に。甘いくちなしの香は漂ふ。」というような言語が、最高の飛躍にあたっているが、まだ自然の情景になぞらえようとする意識に制約されている。これにくらべれば西川満の著しい影響下にありながら詩集『水駅』以来の詩人の言葉は虚構の線のうえをはるかに自在に飛んでゆくことができている。「除目の絹が飛」ぶというような跳躍は西川満の時代にはまだ詩の言葉の歴史の内部で不可能であった。それとともに唐招提寺の景物的な幻想と二重うつしに、私意識が〈母〉、〈女〉、〈血族〉をめぐる情緒の流れとしてまつわりついてゆく〈古典的〉な概念の取扱いはすぐれて現在的な風俗になっている。

いわれを問われるはよい。問われるままに　こたえる
都であったから。笠をぬぎ　膝へ伏せて答えた。重ねて
北條と。かどごとに笠を伏せ　南北に大路をくぐりぬけ
た。都と姓名の　そのいわれを問われるままに。

（石原吉郎「北條」）

足利の里をよぎり　いちまいの傘が空をわたった　渡るべくもなく空の紺青を渡り　会釈のような影をまるく地へおとした　ひとびとはかたみに足をとどめ　大路の土がそのひとところだけ　まるく濡れて行くさまを　ひっそりとながめつづけた

（石原吉郎「足利」）

すでにある〈古典的〉な風俗のなかにいるのだ。言葉が指している〈古典的〉は通俗的なものだ。「北條」とか「足利」とかは出生の地名を姓として名乗った〈武家〉の象徴になっている。じぶんだけにひそかに課した戒律によれば、この「北條」や「足利」は公家であってはならず武家でなければならなかった。また鮎川信夫が鋭く洞察したようにこの詩人の〈北方〉指向につながるものでなければならなかった。極北にはシベリアの収容所の体験の場所が名指されていた。それを独りよがりだといえばこの詩人の晩年の詩は、独りよがりの言語的な跳躍に、ある〈匂ひ〉を乗せたために優れたものであった。

この詩人はなぜかしきりに「笠をぬぎ　膝へ伏せ」（「北條」）たひっそりとした〈武家〉のイメージに偏執をしめした。「会釈のような影をまるく地へおとした」（「足利」）というのもまったくおなじ姿勢のイメージである。ひっそりとうつ向いて気配を殺しているような〈武家〉の人の姿に、じぶんの理想の姿勢をみているかにおもえる。つまり自己抹消の願望である。「ひっそりと白く　両手を重ねただけなのに」（「こはぜ」）というのもおなじ姿勢と気配である。偏愛するこのような姿勢と無言をみたときに、みたものはその気配を察知して身をひきしめなければならないものであった。この偏執をたどれば「月ともいえ　風ともいえる際へ　膝となっては　落ちつづけるのだ」（「粥・2」）というイメージにも「その夜　消息は　琴のかたちで絶える　琴の南へせめぎあって　ひとつの膝がさきに落ちる」（「琴」）という「膝」を折った挫折のイメージにもつながっている。そして偏執は病化して「ねんごろに頭を垂れ　その一角をねんごろに拭って　一礼とともに去った　塩そのものに詫びるように」（「塩」）にいたったともいえよう。

詩人は何に躓いたのだ？　ソ連の収容所に躓いたのだ。他者を徹底的に信じないこととじぶんを信じないことをソ連から学んできた。それでもなお生きたのはなぜなのだ。名声と世間的な地位を求めたのはどうしてなのだ？　それくらいにこだわらなくては生きてゆくめどがなかった。またはもともと風俗的であった。体験はどんな体験もそれを変えることはできなかった。残念なことにそれほど告白と自己凝視に習熟していなかった。

たぶん言葉としてふたつの問題があった。

笠をぬぎ　膝へ伏せて答へた。重ねて北條と

（「北條」）

足利の里をよぎり　いちまいの傘が空をわたった

（「足利」）

その夜　消息は
琴のかたちで絶える
琴の南へせめぎあって
ひとつの膝が
さきに落ちる

（「琴」）

本体不在のイメージの「笠」や「膝」や「琴」の気配だけが動いているようだ。ただの技術的な象徴ではなかった。自己抹消の寂かな願望にまで手法が高められている。病へもう一歩の形象不在の人間が「傘」と「膝」と「琴」によって暗喩される。この暗喩の仕方自体が〈詩〉を成立させている。「琴の南」のような独特の喩はなぜ「北條」や「足利」なのかというのとおなじで、本来はこの意味を解することは不可能である。他者に解されない固有の思い込みのなかで成立している。けれどそれが不可能なことの象徴として詩的喩の新しさともいうべきものに転化されている。「傘」と「膝」と「琴」などの言葉によって喚起される不在の本体は、思い入れられた〈武家〉的な男女の姿である。それはたぶん風俗的な情緒によって形成された〈古典的〉という概念に叶うものだった。その意味では現在的であった。

野を分けて風がゆくと
ひとすじの河に似た跡

風を追い白々と続いている
ああそれは思い出たどる心の中の路に似て
なんとひそやかなものか
渡りもあえぬ渡良瀬の
河のほとりを一人来て
心細道すべもなく
心を告ぐる
人もなく

（小椋佳「渡良瀬を行けば」）

「渡良瀬」川という固有名に詩的必然はない。知名な川であるというほかには作詞者の固有な思い入れしかない。「北條」や「足利」にもたぶん詩人の思い込み以外の名辞的な意味はないのとおなじである。固有の地名に同質同種の情緒が起って持続を強いられる。小椋佳のフォーク・ソングにおける「心の中の路」は、石原吉郎の「足利」のなかの「大路の土がそのひとところだけ　まるく濡れて行く」地面を過ぎる傘の影に対応する。その「ひそやか」と「ひっそり」とが対応する情緒であるように。このような対比はたぶん偶然でもなく唐突なものでもない。「北條」や「足利」の詩人が渇望する〈武家〉というものの感性は架空のものであり、その理想の風姿として描かれている〈武家〉は、現在の風俗的な情操がしつらえた感性とおなじものであった。現在のというように限定する必要もない。〈さむらい〉というイメージとして大衆が近世以后、歌舞伎、浄瑠璃、時代小説によって感性的にながいあいだ培養してきたものにおなじであった。強いてこのふたつの詩と歌謡に感性の〈差異〉を見つけるとすれば石原吉郎が「傘」のしたにある貌や身体や人格を描き入れたり「膝」をついている〈さむらい〉の輪廓を描いたりすれば風俗そのものになってしまうことを熟知していて〈欠如〉によって物象をたどろうとした点にあった。これにくらべて小椋佳はじぶんの風俗性に対象的であることがないといえる。つまり風俗性そのものなのだ。

おなじサイレンの響きをききながら起きあがらないものと起きあがるものというイメージが妙につきまとってくる。起きあがっても次になすべきことがはっきりしているわけではないから、そのことではおなじなのだ。ただサイレンの響きも起きあがって傾聴しているじぶんも思い浮かべられるかどうかのちがいだ。これが風俗の現在性におかれた詩と歌謡の姿なのだ。

起きあがったものは呼びかけうるか。また起きあがらないものは流布をひろげうるか。ここまでくれば詩の言葉はたぶん詩人の意向に従わないだろう。言葉はただ言葉の風俗の現在だけに従う。もっとも深く起きあがって響きを聴くものと、もっとも深く起きあがらないままに響きを聴くものとはおなじ寿命をもつだろう。

8

ふるさとの悪霊どもの歯ぐきから
おれはみつけた　水仙いろした泥の都

波のようにやさしく奇怪な発音で
馬車を売ろう　杉を買おう　革命はこわい

なきはらすきこりの娘は
岩のピアノにむかい
新しい国のうたを立ちのぼらせよ

つまずき　こみあげる鉄道のはて
ほしよりもしずかな草刈場で
虚無のからすを追いはらえ

あさはこわれやすいがらすだから
東京へゆくな　ふるさとを創れ

おれたちのしりをひやす苔の客間に
船乗り　百姓　旋盤工　坑夫をまねけ
かぞえきれぬ恥辱　ひとつの眼つき
それこそ羊歯でかくされたこの世の首府

駈けてゆくひずめの内側なのだ

（谷川雁「東京へゆくな」）

この詩がかかれたのはたぶん一九五〇年代だ。ここには言葉の風俗が思想の定型と稀にみるほど優れた形で〈古典的〉に融合されていた。都市のデカダンスを農村の素朴な新しい文化で包囲し、孤立させ、そして崩壊させるために、農村から都市へという文化と経済的決定論をうち砕かなければならない。そういう定型的な思想が言葉の工夫の成果によって造形されていた。すでに農村の崩壊の足音はきこえていたのだが、この言葉の内部では〈古典的〉な調和があった。言葉の努力はいつも第二次的なもので、どう現実を変えるかが主眼なのだという思想詩の倒錯した通念のなかで、言葉を変えることをしない思想が、どうして現実を変えられるかという態度が保持されていた。詩の言葉を思想の風俗として普遍化することで、現実がどうあろうと詩の現実は言葉のなかにどこまでも奥行きのある世界をみつけだすことができることを示し得た数少い政治詩であった。この詩を呼びだすと思想の戦後詩の現在をはかる原型の役割を果させることができる。稀な才能と思想の個性の形で、整合されていた言葉の努力を現在、詩はどこへやったか。また都市と農村との対立の〈古典的〉な図式はどう変質しどこに霧散したか。途方もない思想の詩の無定型の現在が逆にこの端正な作品を呼びだしている。理念が病むか潜行するか四散するかという現状を、思想の詩は離れることも避けることもできないで、素性のうえでぼろきれのようにまとっている。この逆境の宿運を強いられている詩の現在がまれな幸運と調和とを〈古典的〉に保持した詩を念頭においているのだ。風俗は思想が人間を前から後へ移したり右から左へ位置を変えたりする魔力をもつことを信じなくなった。また思想自身がこの世界で永続的に中心を持ちえないのではないかと危惧している。持たれている中心はすべて苦々しい失敗の刻印としかみえない。信仰は救いなのだ。対象がなんであれ懐疑が救いなのだというためには世界を捨てるか自分を捨てるかを択ばなければならなくなっている。けれど懐疑の奥ふかくに行ってもう帰る気はないといい切れないところで詩の思想の現在がくりひろげられている。〈意味〉を失うことに撰択がかけられている。

砂色にまぶされた意志の稜線の陰で
細い太陽のめざめがはじまる
遁走していく広場の背からしたたり落ちる血の雫
ぐにゃぐにゃに屈曲する裏切りの青白い鉄道
観念もなく悶え死んでいるすべての日付けのある
鳥たちを焼く煙が立ちのぼる
せめてもの魂祭りだ
死んだ星たちの無関心な連帯のなかへ
拉置されていった者たちを
嫉妬する心弱い正義は少女の感傷よりも持続しない
尖った茶碗のかけらのひと突きで萎えてしまう

媚びる夜に慣れた党は傷口を通り抜けながら
戸別訪問だ無間空洞へ
刑場で鳴るムチを賛えながら不吉なカラスを
戸の隙間から放とうとする
けたたましく笑う鶏たちの餌箱から
見捨てられた夢の剝片が風に舞う
何のためのめざめだ
朝の触角がふるえる

（北川透「蝶あるいは太陽のめざめ」）

詩はもう木樵りの娘に「岩のピアノ」にむかって新しいクニの歌をつくれともいえない。「草刈場」で虚無のからすを追っ払えとも訴えられない。「東京へゆくな　ふるさとを創れ」とも断言できないし、「羊歯でかくされたこの世の首府」が農村の苔の裏に貼りついているのも視えない。それは政治的な自己と他者の姿である。それればかりではない。すでに農村そのものが荒廃と絶滅にまかせられている。このような現実は、ほんとうは谷川雁が「東京へゆくな」を書いたときすでに既存の事実であったのかも知れなかった。谷川雁の純化された農村と偽悪化された都市との対立の図式は一路崩壊と荒廃の道へと雪崩れていくのが、戦後の過程であった。政治はこの崩壊をただ迎合的に迎えるかあるいは追いつめられたテロと内訌に黒化してゆくよりほかないところまで行きついた。思想の詩は〈意味〉の形成をなしえない。わずかな描線で〈意味〉をほのめかそうとしては、判断権がこちら側にないという感性にさしもどされる。〈意味〉を形成する枠組みを言葉にあたえたときには「媚びる夜に慣れた党」が「傷口を通り抜けながら　戸別訪問だ無間空洞へ」と狃れてゆくのを肯定しなければならないのだ。また肯定する自己をも肯定しなければならない。〈意味〉を構成しないスタンザを緊張でつらねてゆくことに、わずかに思想の全存在がかけられる。この詩でも〈ひとびとの思想は闇のなかに閉ざされながらばらばらばらに四散してゆきその思想を束ねるべき存在はただ人形のように形骸ばかりを大事にしながら空しくなってゆく〉という心象のようなものをうけとることができる。むしろ〈意味〉になりそうな言葉の脈絡をできるだけ避けるようにして印象の言葉の奥のほうへたどってゆく操作が詩をなしている。

何かを意味しようとすれば弛緩してしまう。それを拒否すれば意味の脈絡を造れない。そればかりではない何かを意味しようとすれば現実の出来ごとと物象の配置を肯定しなければならなくなる。だから輪廓が薄暮のように暗い世界が出来あがってしまう。

——食いつくす朝ごとに
革命をしょって部落をでる——
そういう生徒はいたさ
背のぬけた馬の腹にもぐりっぱなし
音無川の底をくだって
首都のはずれにすりぬける

みえるのは文字ばかり
一冊しかない教科書をうらぎると
ことばのなかで死ぬものはいない

売りつくした部落をひろげ
パルチザンしらない開放都市に
ここからおれの地図は地つづき
空腹がひらいたまま
アドレセンスの色ちがいで
飢えと美とのシャツを二枚
つぎあわせ縫いなおし
卒塔婆一本つつみこんで担ぎ
墓もない土地のさけめをくぐった——

脱出を意味づける文法の
索引からうら返すそしてそして
町と人との名をはがしてゆくと
うつぶせに倒れるひとりの背に

わが卒塔婆つきたてるまでは
もうどこまでも生きる

（菅谷規矩雄「飢えと美とを」）

思想の詩または詩の思想は、まだ幸運な、虚構を信じ込むことができ、それを強靭に持ちこたえていた〈古典的〉な調和、理念の輪廓、形像の鮮明さにくらべて、現在はるかに任意さ、不確定さ、出たかぎり偶然の事象に連絡されている。手法の相違の問題とはいえない。連繫する事象のイメージを連繫する言葉によって作り出し、それが調和ある理念の原型を内包しているという幸運とは程遠いところが詩なのだ。〈飢え〉も〈美〉も欠けたところのないイメージによっては描くことすらできない。社会の〈飢え〉は景気の循環などと遠いところで一粒の食べ物も口に入れられない空腹や飢餓ではない。豊富で潤沢で偏頗な食品や製品に山ほどかこまれながら、あまりに迅速に多重的に殺到する〈時間〉で割ったときに、はじめて商としてでてくる〈貧しさ〉と〈飢え〉とである。精神の了解の仕方まで割り付けてくるような。詩はこれに追いつき対応しなければならぬ。すくなくとも風俗以上の何かによって対応するだけの方法を獲得しなければならぬ。そういう焦慮のうえに詩は成立っている。〈美〉もまた自然と人間のあいだ、自然と社会のあいだ、人間と人間のあいだに成立するものではない。言葉が耐えつづける空虚のなかで瞬時に成立し瞬時に消える〈飢え〉との同居のことなのだ。観賞や鑑賞という操作を拒否するところにわずかに成立つものだ。

〈意味〉をもとめなければ思想はないという〈古典的〉な調和から拒否されたところで〈意味〉をもとめようとすれば〈飢え〉と〈美〉の模索の布切れに「つつみこんで」ゆくしかない。それを開いて

〈死〉をつきたてるために。〈意味〉は拒否されるかあるいはすすんで拒否するかだ。思想の詩の現在はその撰択にむかって探索したり歪んだり後退したりしているようにみえる。これらが〈農〉、〈流民〉、〈辺境〉、〈都市〉などのイメージによって動いているところに思想の詩が成立っている。

骨肉をすっかり灼いたぞ
日をおれはわたり不快な流民を辱しめる
おれに激突した覆面の男がいった
〈ぼやぼやするなどん百姓〉と
身を起すとき眼巣に弛緩した植物群が
無言の口をあけて彼方より
おれの耳を圧する
影のような男が首のない植物の間隙をぬって
帰えってゆくぞ
聾唖の都市
呻吟の不具者の生活音がきこえる
じっくり視つめてやるぞ　という手紙が届く
労働の遺恨を抱えこむ
唯一の話し言葉の飢えさえ知らず

肉感の幾年月を紙幣に換え
ただ無味を照す都市の地穴へむかってひらく
ひび割れた爪族
多摩川丸子橋附近の工事現場から
木月住吉の米軍印刷出版センターの入口まで
隠されつづける人売市場は横たわる
〈どうしてそんなにせめるの〉と　農婦はいう
だが生きる声の渇望を
こらえる必要があるか

（石毛拓郎「都市の地声」）

現在都市は文明悪と制度悪の眼鼻のぱっちりした申分のない悪役の象徴でさえなり得なくなっている。都市もまたその文明と文化と資本制の管制室として自体で挫折し、歪んだ貌と秘められた屈折した恥部をもって怪物化してしまった。それは悪の象徴でもなければましてや善の象徴でもない。分別と正体をなくしてしまった酔漢のように、ただうづくまってうごめいているだけだ。そして魅力も具っている。「東京へゆくな」では都市を包囲する質素で新鮮で犯しがたい未来の担い手の象徴として描かれた農村は、もはや矮小化した地方都市群に逆に包囲されて、おなじような歪んだ貌で喪失と頽唐とちっぽけな所有を誇るものに変貌してしまっている。詩が思想の種子を宿しているのに解放がどこにむかっていいのか感性がつかみえない。崩壊を象徴されている都市と農村の姿は思想の現状をもっとも優れて受容しているものに属している。そしてそれは膨大な都市と農村の分厚い風俗絵図と溶けあっている。このふたつの区別しがたい〈境界〉の認知に重要なものが潜んでいることを詩はいやおうなく暗示する。鋭敏に感知すればするほど風俗の蟻地獄の中心に位置して思想の〈意味〉構成の不可能を不可能として持ちこたえざるを得なくなっているのだ。言葉だけの希望が無い方がいい。言葉だけの絶望が無い方がいいように。

若い現代詩

——詩の現在と喩法

いまここでことさら〈若い現代詩〉というばあいある特別な思い込みをふくんでいる。ひとつはそのまま現在若い詩人に書かれてる詩ということだ。これには瑞々しさとか未熟さとかいう概念は、はじめからふくまれていない。〈若い〉というのは特権でも弱点でもない。そんなことについての太平楽なら聞きあきてる。もうひとつもたせたい意味は、いま書かれてるさまざまな詩を「現在」というものに集約したらどうなるのか、というばあいの詩ということだ。現代詩がどういうものかとも関係ないし、現代詩が過去どうだったか、また未来はどうなるかということとも関係のない「現代詩」が、はたして実体として措定できるのか。そんな「現代詩」がありうるとすれば、どこに存在の中心をもとめられるのか。これがさしあたりさぐってみたいことなのだ。いまではそんな可能性がどこかにでてきたという情感が実体として漂っている気がする。しかもわたし自身はそういう情感に何も寄与していない。このことは主題への位置としてたいへん大切な気がする。わたしの視点は客観的になるかもしれないし、あるいは中性化されてしまうかもしれない。またこれはいきおい誰が（あるいは何が）若い現代詩とかんがえられるものに寄与したのかという問題にもかかわってくる。

わたしたちはいま漠然と「無いもの」をめぐって集会している。それとおなじように「無いもの」を言葉で囲うようにして詩を書いているのだ。そういう態度は詩が、現在すべて暗喩の半球に足をおいて書かれてることからきているようにみえる。中島みゆきが詩を作り、それを曲にのせる。そして誰も入りこむことができない熱狂的な集会（コンサート）の会場で唱う。そのことはどこかでかならず現在の暗喩の影に入っている。谷川俊太郎がどんな詩人よりもはやく目ざめて、まだ未明のうちから詩の言葉を、街頭や歌を唱う聴衆たちの唇にのぼせようとしてきた。詩人たちは代表選手を送るように谷川俊太郎を送りはしたが、そのあと振りむこうとしなかった。詩の言葉がひとりでに溜ってつくる貯水池は、それぞれの時代にただひとつしかない。そこでは谷川俊太郎の詩の言葉と、中島みゆきの詩の言葉とが出あっているのだ。

風にとけていった　おまえが　残していったものといえば
おそらく　誰も着そうにない
安い生地のドレスが　鞄（かばん）にひとつと

みんなたぶん　一晩で忘れたいと思うような　悪い噂（うわさ）
どこにも　おまえを知っていたと
口に出せない奴らが　流す悪口

（中島みゆき「エレーン」）

この「エレーン」は、中島みゆきからいい作品を五つあげるとすれば、その中にはいるものだ。この作品の感性と語法は、あるいは意外とされるかもしれないが、谷川俊太郎の詩の感性と語法にまっすぐにつながっている。ただ谷川の詩はこういう情緒をそれほど好んではいない。情緒自体としてはおなじ鉱脈はないかもしれないが、その感性、語彙の使い方、それから行の運び方、呼吸法といったものは、谷川俊太郎の作品に酷似しているとおもえる。

中島みゆきの歌は知ってるが、谷川俊太郎の作品は知らないたくさんの読者を想定してみる。谷川俊太郎の作品は多様で、こういった読者にかんがえられているより、はるかに大きな詩人なのだ。だがそれをどうやったらその種の読者に納得させられるか。逆に谷川俊太郎は身すぎ世すぎのために、時々歌謡などを作詞する通俗的な詩人で、中島みゆきは甘い詩をつくって、じぶんで作曲して、歌ってる通俗的な歌手だとおもっている読者がいる。この種の読者に中島みゆきの詩はそんなに甘くも幼稚でもない、高度なものだと納得させることができるか。それはたとえようもなく難かしく、また現在的な課題だとおもえる。現在の詩がはらんでいる未知の暗喩がかくされている場所はそこしかないからだ。

谷川俊太郎の『定義』という詩集に「水遊びの観察」という作品がある。それと前後して連なる「世の終りのための細部」、「擬似解剖学的な自画像」という作品をあわせた三つは、谷川俊太郎の詩作品のたぶんいちばん優れたものだ。それとももう一つ、『コカコーラ・レッスン』という詩集の中に「(何処(いずこ))」という総題をつけた詩があり、その中に「交合」という作品がある。「交合」は谷川俊太郎の作品の中でいちばんいい作品のひとつだとおもえる。これは、じぶんが植物の羊歯類と性的に交わるという作品である。ふつうわたしたちが植物にさわるという行為がある。羊歯の葉にさわっていくと、羊歯の葉からじぶんの方に流れてくるものがある。じぶんの方からもまた情感のようなものが流れていく。流れてくるもの、流れていくものをよく内観してみると、じぶんの体をめぐってお尻の方から地面に入っていく。また羊歯の方が地面から流れを吸い上げて、葉の先からじぶんへと伝えてくる。そんな循環する流れを感じるみたいで、じっとしているとだんだん切迫して、性行為がたかまっていく感じにとらえられていく。じぶんは下半身を脱いで羊歯の葉の上におおいかぶさっていく。すると羊歯の葉にもじぶんにもなにか変化が起ったと感じられる、そういう作品である。

日常生活の断面には、普段は気づかれないさまざまな空孔がある。こういう空孔に意識的に眼をふさぐことで、普通ではとてもできないような精密な観察を事物に加えていく。それが谷川俊太郎の作品の特徴になっている。この「交合」という作品は、事物に向って緻密に内観して流れていくそんな感性がよく展開されている。この作品には恐怖みたいなものさえ感じられてくる。これは谷川俊太郎の作品の中ではめずらしい作品で、普段ならば、日常生活にどういう穴ぼこがあっても、ふたをしてはじめて通常ひとが見落としている細部が視えてくる仕掛けになっている。だがこの作品では穴をふさがないで、そこにじぶんが落ちてみせている。しかも落ちていきながら緻密な観察や内省、それから事物へのほれこみ方を展開している。そこに谷川俊太郎が生理的にもっている一種の虚無感がくわわっている。

わたしは以前、この詩人の詩作品をよんで、どういう欲望をもって、何をしたくて生きているのかいっこうにわからず、考えこんだことがある。だが「交合」をよむとこの詩人が、なぜ生きているのかわかるような気がしてくる。

……………私の身体の中の私でない生きものが、もっと、もっとと声にならぬ叫びをあげた。私は羊歯の葉に指先を触れたまま、ぎごちなくあせって下半身の衣服を脱いだ。裸の尻が落葉に接するや否や、羊歯と私を結ぶ感覚の流れは、めまいを感じさせるような速さにたかまった。もはや指先を触れているだけでは我慢できなかった。私は上半身の衣服をめくり上げ、身体を半回転させて、裸の胸で羊歯の上へおおいかぶさった。

どのくらいの時間がたったのか分らない。めくるめくような感覚の流れはやんでいた。身を起すと下腹にべったりと落葉がはりついて来た。私の羊歯は、私の身体の下敷になって押しつぶされ、その緑は以前よりずっと濃くそして濁っていた。葉先のこまかい線が鋭さを失い、内側へめくれ始めている。同じ生命でありながら私たちは異種なのだ。胸の皮膚に不快なかゆみがひろがった。

（〈何処〉2「交合」）

感覚的な領土の限度をこえた拡張が、この詩人の「生」のおもなモチーフではないか。この詩人はじぶんが不幸だと詩に洩らしたことはないが、たいへん不幸な詩人みたいな気がする。この詩人のオクターヴの高い詩から、中島みゆきの詩までは相当な径庭がある。だがこの詩人が不幸な囲いを解いたときの詩の表情をみると、感覚的な領土で、中島みゆきの詩と曲の感性と共有される地帯があることがわかる。

谷川俊太郎と中島みゆきのあいだの感性の領域には必然の通路が感じられる。にがさと甘味との嗜好のちがいはあっても、このふたりは「現在」の脈絡のうえに浮かびあがった、おおきな感覚源で、ながいあいだ他者の視線のないところで育った、自然な体温を内蔵している。

偶然への通路ならばたくさん拾いあげることができる。そして達成の感覚からいえば、必然の通路のほうが大切だが、共通の感覚からいえば偶然の通路が、ポエムとサブ・ポエムのあいだに無数に、縦横につけられるほうが意味深いのかもしれない。もし偶然に、中島みゆきの「エレーン」と相似の感性を谷川俊太郎の詩に見つけようとすれば、すぐにたくさん見つけられる。ただオクターヴはそれほど高くはなく、不幸な表情はかくされているといえよう。

みつめるあなたの面差しに現れているものは
たえずかすかにゆれ動いて私を惑わす
あなたがあえてそれにひとつの名を与えても
私はその名を信じないだろう
名づけられた感情はその奥のより深い
名づけられぬ感情をかくすだけなのだ
だが言葉にはならぬまま
あなたの眼から唇から
直接に放射されるものこそ私を傷つける
あなたの中のそんな鋭さのわけを
私は自分に探そうとするのだが
すでにその勇気すら失われている

私は青空の下の一塊の土くれのように
身動きもできず徐々に崩れてゆくのみだ

（谷川俊太郎「軽蔑」）

こういう表情は、谷川俊太郎がサブ・ポエムの世界に習熟したところからくるか、そうでなければ無類の大胆さで開拓した言葉の領土なのだ。現代詩は伝統としては、こういう感性も言葉の方法ももたないできた。

髪の毛いじり　かきわけて　見たとき
しらがが五本　七本ある女が好きだ
四本　八本　三十本　一本だって
とっても素敵

きみはわたしを知ってるか
多分ね多分　そう思いたい　そう思う
わたしはきみを知っている
あのころ　その場所　その他ちょっと

きみはとってもエロティック
小ジワ大ジワひっくるめて

できることなら　あんまり遠くへ
行かないで　いまわれわれは苦戦なのだ

サーブも駄目だが
レシーブもめろめろ

もしもわたしが笑いガスに包囲され
シャックリしながらひらひらたくなったら

できることなら　赤チンあるいはサントニン持って
きて欲しいけど　そう思うけど

集金　お茶くみ　帳簿の整理
愚にもつかない電話の応待　アイソ笑い

あれやこれやで多忙だったら
それはそれでいいと思う　そう思う

そのことで　きみのこと
戦線離脱などといわない

いまわれわれは苦戦だが
きみのしらがわたしを勇気づける

健康に　そして美容に
気をつけて

追伸　頭のてっぺんが
まあるくはげた女はいまだって好きになれない
（小長谷清実「その他ちょっと」）

小長谷清実のこの作品は、さだまさしの「関白宣言」からじかに影響されている。「関白宣言」の二番は、

お前の親と　俺の親と　どちらも
同じだ　大切にしろ
姑小姑かしこくこなせ　たやすいはずだ
愛すればいい
人の陰口言うな聞くな　それからつまらぬ
シットはするな
俺は浮気はしない　たぶんしないと思う
しないんじゃないかな
ま、ちょっと覚悟はしておけ
幸せは　二人で育てるもので
どちらかが　苦労して
つくろうものではないはず
お前は俺の処へ　家を捨てて　来るのだから
帰る場所は　無いと思え
これから俺が　お前の家

こうなっている。「俺は浮気はしない　たぶんしないと思う　しないんじゃないかな　ま、ちょっと覚悟はしておけ」というあたりは、小長谷清実の作品に影響したところだ。このところでは、さだまさしは、並々ならない力量だとおもえる。この作品もいい作品だ。この作品でこだわるところは、だれでもこの部分だ。性の無限増殖の願望と、その抑制やためらいが、言葉ごとに思い入れられる。それは性にまつわる「真」をおさえた表現になっている。影響されるとすればここからされるより仕方がないのだ。小長谷清実には、偶然ではないサブ・ポエムへの関心があり、それが影響としてひとつの通路をひらいている。小長谷清実が書いている詩と、さだまさしの詩とは、出自が別だとかんがえる必要がない。またその理由もない。まったく当然のように、おなじ感性の基盤のうえにたっているのだ。以前のままだったら現代詩というふうに、いままでにもまたこれからも呼ばれるものと、ほんとの「現代詩」（それが何かわからないが、それは書かれているとして、その書かれている「現代詩」）とのあいだには一種の、心のいなおりというか、坐りなおしがないと通路などなかった。現在ここで〈若い現代詩〉と読んでるものでは、居ずまいをかえるとか、坐りなおすとかしなくても、通路に位置して、羞恥を感じなくてすむようになった。すくなくとも感性的に、尖鋭になった言葉がとびかう帯域では、凝縮と放散が、歴史と現前とが、日常的な感覚のひだと特異点の感覚とが、共通の地平をもつことになっている。これは語法としてばかりでなく、言葉の織目の正規さということでもそうなっている。

これについては、たとえば谷川俊太郎や小長谷清実の詩的な実現があり、またわたしなどのしらないところで、サブカルチャーの詩人たちが、詩の技術や感性を硬質にしていった経緯があるにちがいない。いわば両方から間あいをつめて、坐りなおさなくてよい通路が出現したのだ。たぶんこの出現は現在がはじめてである。様々な時期に個々の詩人が実現してしまったとか、じぶんで達成したことは、過去にもありえた。だがここでは、そういう意味あいはない。いま書かれている詩が現代詩だというところで、この「現代詩」が坐りなおしや、心構えの変更なしで通路をつくっている。その通路に立てば、たとえば谷川俊太郎と中島みゆきとは肉体感覚を捨象しても、絶対的な衣裳の差異を露出する。過去や未来とつながった現在ではなくて、すべての集約する場所としての「現在」の言葉の性格をとらえるばあい、この徴候は逸することができない。たぶん個々の詩人たちの、無意識を超えた時代的なシステムを表象するまでになっている。

いまでは詩は、修辞として暗喩らしく振舞わないで、まったく自明な言葉を挾んでも何かわからないシステムの全体的な暗喩になっている。たぶんそんなとき通路の上に立っているのだ。もうすこし修辞的に意図して詩の言葉が、日常、街頭やマーケットのなかでとびかっている言葉に近づきたいとかんがえたとする。その詩の努力がなまの現実には接触しないで、かえって高度なメタファーの表現になってしまう。そんなことが逆にありうるのだ。それは「現在」の詩の書かれ方のひとつの必然になっている。

美津子の部屋へ
入ると
思ったようにはやれなかった
ふたかかえもある柱と森がバッサリ

風邪で切られていて
せっかくの部品も
パーである
彼女はその日
さらに見えないところで
くずれている、知らないふりをした
入ってしまえば
見分けはつかない
いつもの動きでやってみた
はえぎわのところに
赤いものがあって横目で見る
消えるべき期日の光である
一搔きずつ
石へ進む

（荒川洋治「蠱惑」）

言葉を日常の話し言葉に、でなければ街頭にとびかう断片にどんどん近づけ、いきなり直截に中心にはいっていこうと試みている。だがその暗喩は高度なものにならざるをえない。この詩は美津子という女性の部屋にはいって、いきなり性行為をしようと、その姿勢に入るが、相手が風邪を心に障らしていて、おもうように体の一致も、心の安らぎもえられないままに、行為をつづける詩である。「ふたかかえもある柱と森がバッサリ　風邪で切られていて　せっかくの部品も　パーである」という暗喩は、なまの話し言葉と見なければ曖昧にみえるが、ハイパーなリアリティを保っている。言葉とはかかわりないべつの層のところで、終始べつの情景を暗喩としてたどりつづけることを余儀なくされる。

この詩はあまりうまくいかなかった性行為そのものを、描いているとおもえる。難航するイメージがあえいでしまっているのは、べつに羞恥からではない。「現在」が詩の言葉に、作者の意図にない別の負荷を負わしてしまっているのだ。そのためにこれ以上わかりやすい言葉はない言葉で、どうしてもわかりにくい部分を含んだ表現になってしまっている。

こういうやむをえない表現には「現在」のわからない部分が、暗喩として象徴されてる。それは「現在」の詩とくに〈若い現代詩〉を、ひとつの説話、あるいは大衆的な神話、伝承を読むのとおなじ眼つきで読むというモチーフを強いている。そう読むことで「現在」から照射された言葉に属するものはどれで、「現在」に照射されているかにみえて実は、一時的なファッションにすぎないのがどれかを、うまくつかまえられるかもしれない。

こういう願望には、わたしたちの焦慮がひそんでいる。だが現存するということは、いつも言葉の焦慮のなかに棲むことなのだ。

ひとりでごはんを食べていると

うしろで何か落ちるでしょ
ふりむくと
また何か落ちるでしょ

ちょっと落ちて
どんどん落ちて
壁が落ちて　柱が落ちて
ひとりでに折り重なって
最後に　ゆっくり
ぜんたいが落ちるでしょ

手を洗っていると
膝が落ちて　肩が落ちて
なんだかするっとぬけるでしょ

ひとりでごはんを食べていると
うしろで何か落ちるでしょ

（松井啓子「うしろで何か」）

「ひとりでごはんを食べていると　うしろで何か落ちる」ところまでは、いわば現実と非現実の境目にあたっている。じっさいに家具の上においたものが落ちてきた。それが言葉になっているかもしれないし、心の空白に生れた欠落感を、落ちるといってるのかもしれない。ふりむくと何か落ち、どんどんと壁や柱がおち、膝が落ち、肩が落ちと詩の言葉をたどってゆく。するとこの世界がじぶんにむかって（じぶんにとって）「落ちる」ことの本質がみつけられてゆくのだ。言葉が日常の部屋のなかに坐ったままで、本質的な「落ちる」という世界の体験をしている。いまでは、言葉が介在するかぎり、日常の部屋に坐ったまま世界の陥没を感受させる言葉まで、詩は自分を引っ張ってきたのである。

わたしたちが「世界」というとき、いつもあるイメージがつきまとっている。そのイメージはそれぞれの審級を含んで存在する。「世界」を本当につかまえるには、世界のすみずみまで実際に歩いてみて、観察し体験しなければという考え方がある。そうじゃなくて、言葉で「世界」といっただけで世界が、イメージとしてやってくるという想像力もまた成り立ちうる。ほんとは「世界」は、すみずみまで想像で体験し、ほんのすこしだけ歩いて観察できるだけかもしれない。「世界」という言葉を使っただけで、ひとつのイメージがやってきて、世界をつかまえている感じをもてるのは、現在言葉の伝達とか伝播が全世界的に、瞬間的に成立するという思い込みのなかにいるからだ。そしてたしかに言葉や、音声や、映像などの伝播の仕方は現在、瞬間的になっている。そういう実現のところでは、言葉はそれ自体がひとつの世界地層であって、実際に行って体験してみなければわからない世界と、おなじ重さや意味で、べつの地層をつくっているとかんがえてよい。言葉や映像が瞬間に伝播できるようになったことは、たぶん「世界」という言葉だけで、世界のイメージがつかめると思い込むようになったおおきな理由にちがいない。

この伝播の瞬時性は現在の世界のおおきな根拠になっている。こういう根拠をもとに、言葉は架空に人間が発するもので、体験される事実の世界より劣位だという考えは否定された。事実の世界と同等に、おなじ重さで言葉の世界がかんがえられることが「現在」を成り立たせている。言葉の世界がほんとの世界と同等の重さ、同等の総体性としてつかまえられるという根拠のもとに、一群の〈若い現代詩〉は書かれている。その世界では、意味の運びどおりに言葉を使うということは、何もしないのとおなじことなのだ。言葉の世界を現実の世界とおなじ重さ、おなじ広さの世界としてみる、そういう見方の中で、何かを行うとか歩くとかいうのは、どんなことになるのか。ありふれた言葉の意味や順序に、何か抵抗物をつくって抵抗することが、それに対応している。それが世界を歩いて体験することなのだ。つまり言葉が事実とおなじ重みである世界では、言葉をことさらつくりかえてみるとか、ことさら抵抗物をつくって、その抵抗物にたいしてまた、言葉で抵抗してみる、そういうこと自体が、世界を歩くこと、あるいは世界のなかで行う意味になっている。そこでは詩を読むことは、意味にさからう語順に、本質的な意味をみつける行為なのだ。

〈瞬く間の修辞への慕い
おまえを寄せるまで
眼の不安はこうしてしたたり

こうして病んでゆく）
わたしたちはみじかい雨の後
借りもの法衣に、かぐわしい綿と
紙切れのような遺骨を包んでことこと鳴る
木の橋をまるでサーカスみたいだ、と
笑い泣きしながら渡っていったのだ。
木の橋のむこうは
人家のにおう五月の丘陵
そのむこうにいちめんの
馬の墓地
わたしがふりかえると
その日のうちには渡れなかった
ひとりの子供が手を振り
わたしたちの帰郷をさえぎって
その手はあきらかに
土に滲んでいった。
あれはわたしの子
わたしのこがねの王

（稲川方人「瞬く間の修辞への慕い」全篇）

音読しても目で読んでもおなじだが意味は通じない。意味の流れをことさらに抵抗物としてしつらえ、そして抵抗物に言葉がぶつかっていくこと自体が、世界を歩いていくことだとかんがえられている。それはまず前提となるべきだ。その上で作品をどう読んだらいいのかが問われる。意味が通るように言葉を置きかえたら、こんな原形になるはずだという読み方をしても仕方がない。そう読めなくもないが、その部分はたぶん詩として不完全な部分だ。つまりほんとはそうしたくなかったが、やむをえず言葉を置きかえると普通の意味になってしまう個処だ。それは作者にとっては不本意な〈意味〉の遅延なのだ。何よりも遅れる要因のなかで、遅延を拒んでいる。また意味の達成も拒んでいる。

この種の作品は波長として読むほかない。波長ないしはメロディ、あるいは強・弱音のように、一種の波動で、その波長にじぶんが感応できるかどうかが読むことに対応している。たとえば「〈瞬く間の修辞への慕い」という最初の行を、まともな語法に置きかえることはできる。「つかの間、あるレトリックにたいして執着を持った」というふうにとれなくはない。ただそう読んでしまうとたぶん間違いになる。しかしそんなふうに置き換えて読むことは読みやすいから、えてしてそう読みたいわけだが、たぶん作者にとってそう読まれては不遇なのだ。不完全にしか成就していないとして読まれることになるからだ。ほんとうは成就感を拒んでいるところに詩的な放逸がおかれている。

この詩はひとつの言葉の波動で、その波長がうまく伝わったら、詩は読まれたことになる。ここでは言葉はまったくそれ固有の出現力をもった完備された世界とかんがえられ、その上で成り立っている。言葉が世界をつくり、その言葉が何らかの意味で現実の世界の事物と、対応関係をみつけることができるという性質は、すでに失われてしまっている。言葉はそれ自体として氾濫し、それ自体として閉じられた世界なのだ。こういうところで、現実の世界にある意味で、言葉の意味を、置きかえて読むことはできない。言葉は完璧な世界で、それ以外の世界は何もない。

この作品には象形的な表意文字である漢字が混じっている。だから音読ではどうしてもうまく全体を伝えることができない。眼で見る以外にないのだが、眼で見ることもふくめていえば、このばあいには漢字が、つまり象形的な文字がメロディの役割をはたしている。そしてこの波形の長短が波動の長短として読む人に伝わるかどうかが重要になる。

打撃するものが不足していく。打撃せよ。垂直に樹木を抱え、ゆっくりと天に突きあげ（青にめまいし）、静かに胸もとまで下ろしてきたら、力を抜いて身構えていろ。一条の気配の稲妻が木目を伝って降りてくる。野のむこうからは拳ほどの人魂が、ゆるゆるとカーヴを描いて炎えてくる。一瞬しなって、打撃せよ。打撃するものが不足していく。打撃せよ。

（平出隆「胡桃の戦意のために」31）

この詩は、かなり長い詩の一章である。どうすればわかりやすくなるかといえば、野球の打者がバットをかまえた時の、かまえ方をイメージに浮かべればいい。この詩はそういうイメージがもとになってできあがっている。言葉の意味をたどっていくと、わかりにくいように見えるが、イメージからはたいへんわかりやすいとおもえる。掛布なんかがバットをかまえるときに、握りかえたりして下におろしてくる。そういうかまえの仕方が、この場合でいえば「垂直に樹木を抱え、ゆっくりと天に突きあげ、静かに胸もとまで下ろしてきたら、力を抜いて身構えていろ」という言葉になる。たぶん平出隆は野球をよく知っているか、じぶんがやっているかどちらかだ。通俗的にこの詩を理解すれば、何もバットをかまえて振るというそれだけのことに、そんな大袈裟な表現の必要はないじゃないかというこことになる。しかし事態はまったくそうではない。どこかに未知な世界の眼があって、そこからみていくと、掛布がバットをだんだん下ろしてきて身がまえるという動作も、未知な意味をおびてくる、そんなことをこの詩人はいっているのだ。たとえば原始時代に、人間が棒きれをもってふりまわした。そのときの動作は、世界をひっかきまわそうとか、世界にじぶんのおもいを届かせようとして、棒を振りまわしていたのかもしれない。原始時代から、あるいは猿の時代から棒をもってふりまわす、身がまえるという人間の動作自体の中に、蓄積されている時間というものがある。その蓄積された時間を全部含んで未知の世界を想定すると、個人的なおまじないをしながら、単にバットをかまえるまでの動作が、通常感受されるものとまったくちがった新しい意味をおびてくる。そういうことはありうるのだ。言葉の世界自体としてそういうことをやりたかった。それがこの詩のモチーフであるとおもえる。

いっていることは簡単なことで「打撃せよ」ということだけだ。つまり「撃て」ということだけである。「何を撃つか」「誰を撃つか」ということでなしに、とにかく「撃て」といっている。しかしここで表現された野球の打者のイメージ、打者が身がまえ、球をむかえるまでのイメージでいわれているのは「現在」に集約された世界のひとつなのだが、同時にそれはかつて人間の歴史が棒をふりまわしたり、身がまえたりすることで何をしようとしたか、あるいは世界をどうしようとしたのかをふくんでいる。そんな世界をあらわしてみたかったのだ。そうかんがえるのが、この作品の理解に叶っている。

こういう世界は、「現在」が全体的な暗喩となってしまうことを拒否しているという意味で、とても現在的である。そのかわりに語の配置ごとに暗喩を籠めたいという、極度の欲求を示している。「現在」の詩の世界がやむをえず到達したひとつの極をよく象徴している。言葉の語順がスムーズに意味をつくってしまうことに対抗して、ことさら抵抗物をつくり、言葉の表現でまたそれに抵抗していく。そういう無限に休まることのない世界みたいなものを作っている。どこまでいっても達成感がやってこない。その意味では安堵を拒んだ言葉だけの世界である。不毛な格闘に似ているわけだが、しかしなぜ不毛な格闘が可能なのかということへの「現在」における応答の意味はたいへん重要だとおもえる。これを抜きにすると詩がわかるとか、詩が難解であるとか、面白いとか現在的だとかいう問題が全部量の問題になってしまう。この世界は量だけでできているわけではない。それから目に見えるものだけで、それをつかまえればよいということではない。

この世界には目に見えない世界もあるかもしれないし、目に見えない世界でさえも、言葉でつかまえる以外には確かめられない世界をふくんでいるかもしれない。しかも言葉を普通のとおり使ったら、どうしても事実の世界だけしかつかまらない。だが普通でない使い方をすればその世界がつかまえられるかもしれない、あるいは見えてくるかもしれない。そういう「現在」の問題があることにまちがいない。そういう世界があることを証言するためには、こういう詩人たちの、どこまでいっても達成感のない試みを勘定にいれるべきなのだ。言葉の達成感がないのは、あくまでほんとに不毛なためかもしれない。しかしたとえば個々の詩人が、この不毛さを「現在」の世界の不毛さの暗喩と解する地点に到達することは不可避なのだ。こういうことについてここで何もいおうとする意図はないのだが、ただこういう試みがなくなると、言葉の世界というもの、あるいは言葉以外の目に見えない世界で、言葉によってならつかまえられるかもしれない世界を、見落としてしまうことが、ことに「現在」ではありうるとおもえる。

稲川方人や平出隆の詩、あるいは大なり小なり「現在」の詩が当面しているこういう問題に、解釈を与えることができよう。マラルメの詩論風にいってしまえば、言葉はどこかわからない世界からやってくるのかもしれない。その世界は何かしらひとつの大きな書物を書こうとしている、あるいはひとつの詩をつくろうとしている。すると個々の詩人の表現に訪れてくる言葉は、世界が書こうとしているその大きな書物、あるいは大きな詩のいわば断片にほかならないといえる。言葉が個人から発せられて紙の上におかれるという理解のしかたと同時に言葉は世界からやってきて、世界はひとつの大きな書物をつくろうとしている、その書物をつくろうとしている中からやってくる言葉を、誰がとらえるかとらえないか、どうやったらとらえられるかという問題もありうる。この問題の中で、たとえば平出隆や稲川方人がやっている詩の試みは、現在の〈若い現代詩〉のあり方としてひとつおおきな極を提供している。

いまでは言葉の世界は、事実の世界にたいして、いわば固有な伝達度を獲得しつつあるといえる。均斉ということからいえば、わたしたちの考察は、言葉の世界の統合性と固有性について、眼ざとすぎるかもしれない。世界がひとつの書物を書こうとしているにしても、その書物がどんな参加をも無限に許容するものだとすれば、書物の死を描くこともそのなかに包括されなくてはならない。言葉も、魂も、世界がつくる書物を、生きながら死に至らしめようとしている。そんな作業は、うさんくさくなくはないが、かなり平静に、だが執拗に、世界を死にひきずり込もうとしている仲沢博行の作品をあげてみる。

真夜中になると
この世はガランとした建物だ

誰かが階段をあがって行く
パタンパタンとひびく足音で
彼は眼がさめた

二階　三階　四階
足音は五階あたりまで聞こえた
それから先は

物音ひとつしなくなった
チェッ　ずらかりやがった
小さく舌打ちした
彼はまた寝た

汽船も汽車も
喘ぎながら立ち往生してしまった
最後の距離を
魂は泳いだり歩かねばならなかった
死にたどりつきさえすれば
そこに休息が待っている

あなたはその先
なおも
旅立とうと思いますか

雀に近づくと
パッと舞い立って逃げる
雀の小さな肩をたたいて
こんにちはと
挨拶するのはむずかしい

だが私は少年のころ
雀を手に持ったことがある
そのぬくもりを
手のひらに感じたことがある
雀は
私に空気銃で射たれて
木の枝から落ちたばかりだった

私の人生は
ほんの五・六時間の汽車の旅だ

わりと空いた客車の隅に
心地よく座っている

悩みも疾患も
車窓をよぎる景観となった
ときどき車掌が検札にくる
もちろん私は切符を持っている
それは父母がくれたこの世の存在証明だ

汽車は心得たように
レールの上を走る
ガタンゴトンとひびく
鋼鉄の讃美歌をうたいながら

その汽車に
私は轢かれる

（仲沢博行詩集『詩人たち』所収）

この詩人には「生」が「旅」みたいなものとみなされている。歩いてゆくとその果てに「死」があるみたいだ。この認識は詩をある意味で甘く、俗にしている。また誰かが歩くことをやめてとまる。それが「死」だ。じぶんはまださきへ歩いてゆく。それが「生」と「死」だとおもわれている。あるいは「生」の安楽は、誰かが歩かなくても乗せて運んでくれること、じぶんが歩いたり泳いだりすることととらえられている。つまりいくぶんか「生」と「死」を、とりわけ「死」を概念的にしか捉えていない。にもかかわらず「死」と「生」について、ほとんど現在では類のないほど間近で、執拗に固執しながら、この世界が言葉として成立つために、暗い陰の部分が存在することを気づかせてくれる。一篇の詩に力はないが、よせあつめればそんな力がある。「死」はこの詩人が漠然とかんがえているように「旅」を歩いてゆくと、その終りにあるとはおもえない。斜め上の頭上にいつも存在するようにみえる。それは、離れもせず近づきもしないところに逆照射する視線なのだ。そこへ他者の姿がたまたまやってきたとき、他者の「死」がみえるようなものだ。この詩人は世界の全体性をそのままで、居ながら主観的に「死」のほうへひきずりこもうとしている。解体もせず、腐敗させもしないで「死」を扱おうとするため、その無理がこの詩人の倫理を、子供っぽくしているのだ。

＊『戦後詩史論』は一九七八年九月初版が、さらに八三年十月「若い現代詩」を加えた増補版が大和書房から刊行された。新版発行にさいしては、同社のご好意をえた。（思潮社）

新版あとがき

この本の中味はほとんど覚えていなかった。新版を出すというので、ゲラ刷りを久方ぶりに読んだ。大事な点だけを言うと、文章の粗雑な生々しさも申すべきことが、すぐ心にとび込んできた。粗雑さは、自分の文章も長年のうちに少し上達してきたのかな、ということですましておくことにしよう。生々しさの方は、現在は衰弱しているし、書き方、喋言り方を他の分野に分離してしまっている。そう考えることにする。しかしこの新版を手にとって読んでくれる読者を想定すると、その殆どが戦争と戦後すぐの混乱と焼け野原の荒廃を知らない人のような気がする。もう少々突込んでいうと、戦後の歴史に覆いを掛けられたままの延長で現在を生活している人たちではないかと、わたし自身は疑っているところがある。これは良い悪いの問題ではない。歴史の無意識を洞察できるかという問題だと思える。戦前を意識している詩と詩人の戦後、戦争期を意識しているものの戦後、それらを意識したことのない戦無派の戦後、現在の詩人と詩作品はこの三種類を混合したものを指している。この三種類の混在を認知し。その三種類が分離せざるを得ないような不運が無いために、この本は少しでもいい役割があったら幸いだと思っている。わたしは詩（文学）が継承されるなどと信じてはいない。だから文学史という概念はげんみつに言えば意味をなさない。ただ文学表現史があるだけだ。また派、運動、系譜もげんみつに言えば成り立たないだろう。ただ詩や詩人の個的な影響があるだけだと言うことができるとおもう。わたしはこの本でたぶんはじめて手にするかも知れない戦無派の読者が一般読者層とともに手にとってくれたらと特に願わざるを得ない。

わたしの実感的な感触では、且てわたしがこの本の詩史論を書いたとき前世代の詩人たちに感じた切実な関心と批判とおなじような切実さと批判を、前世代の詩人たち（わたしを含めた）に抱いてくれたらと思う。それはどんな位相からでもよい。継承とか切断とかはどうでもいいし、否定でも肯定でもいい。わたしが望むところがあるとすれば詩魂の行方を知りたいということにつきると思う。かつてわたしの好きな詩人のひとり宮沢賢治は農民芸術という概念を生かすために、詩は裸身にて理論の至り得ぬ境を探るそのこと必死のわざなり、蕪雑の理論に屈したるなりイデオロギー下に詩をなすは、直感、と述べた。いま農業はもちろんのこと、漁業や林業のような自然産業もまたハイ・テク産業と協和しつつある現状で新しい時代の宮沢賢治たちは、詩魂の在りどころを何と呼ぶだろうか。この本の中味が彼の批判に接触することが少ないことを祈る。

吉本隆明記

索引

戦後詩史論（せんごししろん）新版

著者
吉本隆明（よしもとたかあき）
発行者
小田久郎
発行所
株式会社思潮社
〒一六二—〇八四二　東京都新宿区市谷砂土原町三—十五
電話〇三(三二六七)八一五三(営業)・八一四一(編集)
FAX〇三(三二六七)八一四二　振替〇〇一八〇—四—八一二一
印刷
オリジン印刷
用紙
王子製紙、特種製紙
発行日
二〇〇五年五月二十五日